POÉSIES

DIVERSES

ET

PIÈCES DE THÉATRE;

PAR J.-B. P. DALBAN.

PARIS.

ALEXIS EYMERY, LIBRAIRE-ÉDITEUR,

RUE MAZARINE, N° 30.

M. DCCC. XXIV.

IMPRIMERIE DE E. POCHARD.

POÉSIES DIVERSES

ET

PIÈCES DE THÉATRE.

OUVRAGES DE L'AUTEUR.

LE DÉFIANT, comédie en 5 actes, en vers,
Michaud.

LES MALHEURS DE L'AMOUR OU LES MÉMOIRES
D'UNE FEMME, roman in-12, *Le Normand.*

IMPRIMERIE DE E. POCHARD,
rue du Pot-de-fer, n° 14.

POÉSIES DIVERSES

ET

PIÈCES DE THÉATRE,

Par J.-B. P. DALBAN.

A PARIS,

CHEZ {
Ponthieu, libraire, au Palais-Royal.
Delaunay, libraire, au Palais-Royal.
A. Eymery, libraire, rue Mazarine, n° 30.

1824.

LE POISON,

ODE.

Que Tibulle en vers énergiques
Insulte au fer ensanglanté,
A vous dont les mains frénétiques
Aiguisèrent sa cruauté ;
Que la terre, en malheurs fertile,
Nourrisse une plainte inutile
Des ravages des éléments,
Accuse la flamme cruelle,
Et maudisse l'onde infidelle,
Soumise aux caprices des vents.

Laissons de paniques alarmes :
Que sont l'indocile élément
Et la vaine fureur des armes,
Auprès du poison menaçant ?

1

Rien ne prévient sa violence ;
Rarement on voit la vengeance
Suivre de près sa trahison ;
Et sur un cadavre livide
On cherche sa trace homicide,
Qu'il est à l'abri du soupçon.

Quel pouvoir ! quel affreux Protée !
De combien de déguisements ,
Une industrieuse Médée
Lui prête les enchantements !
Parfum voluptueux , paisible ,
Le vent de son aile invisible
Apporte ses foudres muets ,
Ou breuvage , aux ondes limpides
Épanchant ses flammes liquides ,
Bacchus le sert à ses banquets.

Dieux ! des apprêts de la vengeance ,
Quels mortels seront défendus ;
La beauté tombe sans défense
Dans ces piéges inattendus ;
La beauté , jeune , fortunée ,
Et sans soupçons abandonnée
A l'attrait des jeux et des ris !

L'ami dans les plaisirs expire,
Et d'un œil mourant cherche à lire
Au cœur de ses douteux amis.

Arrêtez! arrêtez, furies!
Suspendez vos assassinats!
Et vous, de ces tables impies
Levez-vous, fuyez le trépas!
De l'ennemi qui vous menace,
Espérez-vous fléchir l'audace,
Par l'or, les dignités, le rang;
Ou cette faveur incertaine
L'attend-on d'une pitié vaine
Qu'on attribue aux droits du sang?

Hélas! plus grands que nous ne sommes,
Ces rois que tout doit protéger,
Sont, au-dessus des autres hommes,
Esclaves du même danger.
Ils ne désarment point les Parques!
On a vu des meilleurs monarques
Le poison approcher ses pas,
Les choisir sous le diadème,
Et les frapper au milieu même
De leurs inutiles soldats.

Au moins la nature plus chère
A des nœuds, abri respecté.
Ah ! de leur pitié débonnaire,
Soleil, tu fuis épouvanté !
Des mères, quelle barbarie !
Empoisonnent dans leur furie,
Le fils qu'a nourri leur amour ;
Et des fils, plus barbares qu'elles,
Déchirent de douleurs mortelles,
Le sein qui leur donna le jour.

Mais la tombe est-elle muette ?
Quel mot a troublé leur repos,
Et des ombres, dans leur retraite,
Soulève les paisibles flots ;
Ainsi qu'un passager orage,
Des bois fait gémir le feuillage,
Et soulève les flots des mers ?
Leur âme se rassure à peine,
Et semble d'une frayeur vaine
Émue encor dans les enfers.

Des poisons d'une haine ouverte,
L'une ressent les traits aigus,
L'autre redoute encor la perte

De ce jour qu'elle ne voit plus.
Parlez, malheureuses victimes !
Et toi qui d'un tribut de crimes
Entretiens ce séjour d'horreur,
Terre, entends leur voix lamentable
Dans un échange profitable
Et de forfaits et de terreur.

Quelle plainte partout révèle
Les affreux secrets du trépas ?
Quel morne effroi suit la nouvelle
De mille nouveaux attentats ?
Dans sa marche heureuse et rapide,
Quoi ! souvent le poison perfide
Échappait aux yeux prévenus !
Et des crimes que l'on ignore,
Quoi ! le nombre surpasse encore,
Les crimes que l'on a connus !

Tombez enfin voiles coupables
Qui, d'un jour faux et ténébreux,
Cachez les destins véritables
De tant de héros malheureux ;
Nous montrez leur pénible vie,
Ou par les hasards poursuivie,

Échouant aux écueils du sort,
Ou dans l'oubli de la fortune,
Ne cédant qu'à la loi commune
Qui soumet tout homme à la mort.

Va, c'est assez, cruelle histoire,
Vendre leur vengeance et leur sang;
Quand tu mentais à la mémoire,
Le poison déchirait leur flanc.
O ciel! de quelle ignominie
Une implacable tyrannie
Leur prodigua les maux amers!
Le monde ignora leurs alarmes,
Et la tombe reçut des larmes
Que ne connut pas l'univers.

Ainsi, dans le silence et l'ombre,
La mort attaqua mon printemps.
De mes jours j'étendais le nombre,
Ma gloire commandait au temps,
Ma gloire importunait l'envie!
« Qu'il meure en naissant à la vie! »
Ont dit mes ennemis cruels;
« Cette flamme avide et rebelle,
« D'un nom cette soif immortelle

« N'est que le mépris des mortels.

« Tandis que son orgueil espère
« Un jour qu'il ne verra jamais,
« Changeons cette ivresse prospère,
« Perdue en éternels regrets :
« Quand sur lui rien ne veille encore,
« Éteignons sa dernière aurore
« Aux pleurs dont nul n'est occupé ;
« Et quand la mort va le surprendre,
« Qu'il appelle pour le défendre,
« La gloire qui l'aura trompé.

« Allons, l'obscurité propice
« Peut favoriser nos fureurs,
« De l'amitié même complice
« Abusons les crédules pleurs ;
« Le plaisir dans sa course ardente,
« La jeunesse, vive, imprudente,
« Auront dévoré ses beaux jours,
« Ou bien la nature lassée,
« Déliant leur trame épuisée,
« Seule aura terminé leurs cours. »

Quoi ! mon front protégé s'honore
D'un laurier promis d'Apollon ;

Les Muses ont vu mon aurore
Se lever au sacré Vallon ;
Leur faveur n'en paraît point une ;
Vous croyez que de la fortune
Ces dieux éprouvant le retour,
Vous livreront votre victime ;
Vous espérez cacher un crime
Sous l'œil même du Dieu du jour ?

Perdez un espoir téméraire :
Les Muses vengent leur affront,
Un rayon du Dieu qui m'éclaire
Va s'échapper sur votre front.
Quel repentir suit votre audace !
Quelle redoutable menace
Jette son cri dans tous les cœurs !
Ah ! tout s'arme pour le poëte
Et l'innocence, ailleurs muette,
En lui trouve mille vengeurs !

Ce monde qu'eût charmé sa gloire,
Non moins sensible à ses douleurs,
Prête une fidelle mémoire
A l'histoire de ses malheurs.
La nature même domptée,

Suspendant sa marche arrêtée,
Se soulève à sa noble voix ;
Fils docile, il touche une mère
Dont son âme inflexible et fière,
N'a jamais méconnu les lois.

Oui, cette voix toujours puissante,
Qui jadis des hommes épars
Rassembla la famille errante
Dans l'enceinte de leurs remparts ,
Quand elle éprouve leur outrage,
Peut, détruisant son noble ouvrage,
Disperser des mortels nouveaux,
Et leur faire voir son génie,
Du sein même de l'harmonie
Retirant le premier chaos.

LE JEUNE POËTE MOURANT,

ODE.

Ostendent terris hunc tantùm fata , neque ultrà esse sinent. Virg. Æn. l. VI.

1807.

Quels que soient mes droits à la vie ,
J'en vais être déshérité;
Malgré les titres du génie
Je m'éteins dans l'obscurité.
Jeune prétendant à la Gloire ,
Le Destin s'obstine à me croire
Vieux tributaire de la Mort ;
J'aperçois ce fatal ministre ,
Il m'appelle au gouffre sinistre
Dont je bravais le sombre bord.

Long-temps , fixant la docte Cime ,
Dans mon vol inconsidéré ,
J'avais cru dépasser l'abyme

Dont je m'approche par degré.
Amusant ma course rapide
Des projets d'une âme intrépide,
Je disais : je ne mourrai pas !
Et tout près d'être sa victime,
Sur mon être faible et sublime
J'assignais sa borne au trépas.

Vaine erreur ! inutile audace !
Il est trop sûr, je vais mourir.
Mais, ô plus cruelle disgrâce !
Avec moi mon nom va périr !
Quiconque, en sa saison nouvelle,
S'éclipse dans l'ombre éternelle,
N'est plus compté dans l'avenir :
Sa tombe, insatiable abyme,
Dévore une double victime,
Sa personne et son souvenir.

A cette noire et sombre idée,
Je me sens soulevé d'horreur,
Et loin d'en être intimidée,
Ma faiblesse devient fureur.
Du transport je passe au blasphème ;
Je demande compte au ciel même
Des bizarres arrêts du sort.

Quelles influences funèbres
Forcent mon génie aux ténèbres
Et mon existence à la mort ?

Que me sert qu'Apollon propice
M'ait tiré des vulgaires rangs,
Qu'il ait flatté mon cœur novice
Du renom des plus grands talents,
Si déjà ma faible paupière
Se voit retirer la lumière
Que me départissait Phébus,
Et s'il faut aller chez les Parques
Porter les redoutables marques
De moins d'honneurs que de rebuts ?

Des dons que le Ciel me délivre,
Si j'arme ma fragilité,
Pour demander encore à vivre
Et du sort fléchir l'âpreté,
Ce n'est point amour de la vie :
La vieillesse fait peu d'envie,
L'enfant souffre moins que Nestor,
Mais c'est la Gloire qui m'est chère :
Un jeune homme en a moins qu'Homère,
Et Télémaque que Mentor.

Oh ! que ma diligente aurore
S'allonge encor de quelques jours ;
Qu'un Dieu puissant les fasse éclore ,
Demi-dieu , j'illustre leur cours.
Orgueilleux de tant de largesse ,
Par mes vertus , par ma sagesse ,
J'en acquitterai le bienfait ;
Tant que l'Honneur aura son temple ,
On citera comme un exemple
L'usage que j'en aurai fait.

Dans ce siècle vraiment coupable ,
Où le jour a vu reproduits
Des monstres que l'antique Fable
Peint voilés des plus sombres nuits ,
Combien nos téméraires vices
Vont ouvrir de nouvelles lices
A mon glorieux dévoûment !
Combien de Titans ridicules
Provoquent de nouveaux Hercules
Armés pour leur renversement !

Dévorés d'une ardeur utile ,
Attaquons l'ennemi des mœurs ,
Et mettons la vertu tranquille
A l'abri de ses corrupteurs.

Chassons l'impiété confuse ;
Que du sang de cette Méduse (1)
Sorte un Hippocrène nouveau ,
Qui fasse oublier la licence
Qui , de celui qui le devance ,
A trop long-temps profané l'eau.

Que vois-je ? Illusion , Chimère ,
Est-ce vous ou la Vérité ?
Le Parnasse se régénère
Près du Ciel qu'il avait quitté ;
Reconnaissant leur origine ,
Les Prêtresses de la Colline
Reviennent sous la main des Dieux ,
Et leur union se conserve
Sous Apollon et sous Minerve ,
Unis pour gouverner ces lieux.

Est-ce à nous qu'on doit ce beau règne ,
A nous des Arts illustres fils ?
Avant que la Mort nous atteigne ,
Courons en demander le prix.

---

(1) L'Hippocrène sortit en quelque sorte du sang de
Méduse : Pégase qui en naquit fit jaillir cette Fontaine, en
frappant du pied au lieu même où Méduse fut immolée.

Je vous suivrai dans l'Élysée,
Jeune Linus et tendre Orphée,
Vous, mes précoces devanciers :
Jeune aussi, je finis ma tâche,
Mais au Pinde dont on m'arrache,
Je veux arracher des lauriers.

Arracher ! que-viens-je de dire ?
Avais-je oublié ma langueur ?
Prends-je les accès du délire
Pour les effets de la vigueur ?
Ce transport, c'est l'essor de l'âme,
Éclair des Cieux, rayon de flamme,
Qui jette au loin son dernier feu,
Et qui, toujours reconnaissante,
A l'Illusion bienfaisante
A porté son dernier adieu.

C'en est fait ; je perds l'espérance
D'occuper de moi l'Avenir ;
Il se prépare un long silence
A la tombe où je vais dormir.
Jamais sur son argile obscure
Ne circulera le murmure
D'une foule de curieux ;

L'Oubli, stérile et taciturne,
Va se reposer sur mon urne,
Et me cacher à tous les yeux.

Hélas ! si le sort, moins sévère,
M'eût départi des jours complets,
Je n'aurais point quitté la terre
Sans y laisser quelques regrets.....
Mais voyez ce cygne splendide,
Que blesse une flèche rapide,
Intéresser par ses accords :.
Dieux ! imitons sa mélodie,
Et quoique obscur durant la vie,
Tirons-nous du commun des morts.

Amis, donnez-moi cette lyre,
Elle va m'immortaliser ;
Avec tout ce que l'on admire
Je brûle de rivaliser.
O Mort !.... suspends... je vais te suivre...
Je n'ai plus qu'un instant pour vivre,
Et l'éternité pour mourir ;
Il faut en occuper le monde,
Et que la Gloire au moins réponde
Au bruit de mon dernier soupir.

Malheureux ! mon mal s'y refuse.
Ah ! pour la Gloire il est trop tard ;
Sur ma vue, éteinte et confuse,
Se répand un épais brouillard ;
Avec mon cœur qui la devance,
Ma main, trop peu d'intelligence,
S'égare en cherchant mes amis.
Je les perds... la Mort nous disperse....
Recueillez les pleurs que je verse,
Amis tendres, parents chéris.

Vers la flatteuse Renommée
Si l'un de vous peut parvenir,
De celui qui l'a tant aimée,
Amis, daignez l'entretenir.
Pour moi, je ne saurais l'atteindre ;
Ma force achève de s'éteindre
Dans les froides eaux du Léthé.
Je vois la terre évanouie,
Et le destin d'une autre vie
Est ma seule immortalité.

ÉPITRES.

A HENRI P***.

PREMIER ami de ma jeunesse,
Toi, dont le tendre cœur du mien fut la moitié,
Qui portas dans nos nœuds, formés par la sagesse,
Le délire de l'amitié.
Que j'aime à recevoir cet écrit plein de charmes,
Et trempé de mes larmes,
Où ton cœur parle au mien toujours si plein de toi.
Comme un songe effacé, ta lettre me rappelle
De nos premiers plaisirs le souvenir fidelle,
Ce qu'à tes yeux je fus, ce que tu fus pour moi.
Tout cet âge rempli d'un charme inexprimable,
Se présente à mes yeux sous sa couleur aimable.
Je vois les lieux vivants de mon premier bonheur,
L'asile où je te vis avant de te connaître ;
Mont-Fleuri si riant, et ce vallon champêtre
Où s'élève un couvent qui peut-être a l'honneur
D'attendre un jour de toi sa règle monastique.

Non loin d'un vieux château paraît la forme antique.
A travers dix-huit ans je revois ces tableaux
Comme à peine obscurcis de l'azur d'un nuage
Qui voile faiblement le sommet des côteaux ,
    Mais n'en dérobe pas l'image.
Rien ne m'est échappé. Je revois tous tes traits ;
Sur ce théâtre heureux , l'âme que tu portais
Ou celle dont j'ai dû te croire le partage.
La Poésie alors nous parlait son langage ,
Nous prêtait ses couleurs : j'aimais à m'enivrer
Des succès dont pour toi je rêvais la victoire,
    Et je vivais dans ta Mémoire.
Et moi-même, de moi, que n'osais-je espérer ?
Tu sais de quels transports je brûlai pour la Gloire?
De quelle illusion entoura mon printemps
L'Espoir, ce long bonheur, de vivre en la Mémoire.
Je trouvais en tous lieux le charme des talents ,
Ces rêves du génie et ce destin de flamme
D'un cœur qui répandait le feu des sentiments ,
    Et partout étendait son âme.
Maître de l'Univers, le Dieu qui m'agitait
Semblait le transformer pour nourir mon délire :
    Le calme des bois m'en parlait;
Le regard du vieillard et l'enivrant sourire
Dont l'Amour voulait me séduire.
Un rien en réveillait le charme favori ,

Et le monde, à mes yeux, n'eût rien été sans lui.

Qu'est devenu le feu de cette ardeur divine
Qui m'éleva si haut sur ma propre ruine,
Et qu'en vain dans mon cœur je rappelle aujourd'hui?
Elle sembla pourtant n'être pas mensongère
Et n'avoir pas jeté de faibles fondements
Parmi les passions qui font mon caractère.
A peine je naissais, et dans mes premiers ans,
Pouvais-je de mon âme entrevoir la lumière,
Un sourd mugissement qu'à peine je conçoi,
Loin des lois de l'instinct me jetta hors de moi.
Arbrisseau transplanté loin d'un monde vulgaire,
Et semblant destiné pour suivre une autre loi,
Sous d'autres régions et sur une autre terre
        J'entendais gronder ce tonnerre.
Farouche, et m'excitant à la voix de mon cœur,
Une fière réserve annonçait mon humeur;
J'aimais à la cacher, à couvrir mon génie
        Sous un voile mystérieux,
Malgré lequel souvent échappé de mes yeux
Plus d'un éclair rapide à pénétré ma vie.
. . . .
. . . .
. . . .

LA GLOIRE,

ÉPITRE

D'UN VIEILLARD A UN ADOLESCENT.

1808.

D'UN cours précipité lorsque le Temps m'entraîne
A la vie, aux beaux jours il te fait naître à peine ;
Il va finir pour moi ; pour toi sans borne encor
Vers l'immense avenir il t'ouvre un libre essor :
Mais peut-être l'espoir d'une longue jeunesse
T'endort-il sur ce temps qui nous vieillit sans cesse ?
Aux plaines de Trident, tel l'empire des eaux,
Sous Orion calmé nous montre des vaisseaux
Les nochers dédaigner la rame et la boussole,
Quand la voile emportée enfle au souffle d'Éole.

Pilote, crains la mer : jeune homme, éveille-toi ;
Sans espérer du Temps, arrêtes en l'emploi.
Bientôt, libre du frein que tu croiras lui mettre,

Tu vas voir cet esclave échapper à son maître.
De mille passions dont le calme trompeur ,
De son indépendance assure encor ton cœur,
Que l'orageuse voix ose se faire entendre !
Ne compte plus tes jours ;...... d'elles ils vont dé-
    pendre.

Ah ! tandis que paisible à leur silence heureux ,
Tu dois le noble élan des pensers généreux ,
Entre ces passions choisis : qu'une t'enflamme ,
Et que tes goûts naissants la trouvent dans ton âme.

Le premier sentiment , roi des êtres divers ,
Celui dont l'homme seul honora l'univers ,
C'est l'effroi du néant , c'est l'amour de la Gloire ;
Il n'est point de ses nœuds quelque fruit illusoire ;
Sous nos toits policés , loin des vulgaires yeux ,
Il place des mortels qu'il approche des Dieux.
Soyez grands , leur dit-il ; par l'esprit , le courage ,
Eclairez , défendez votre pays , votre âge ,
Et les pays lointains , les âges à venir
Sont à vous ; votre nom conquit leur souvenir.
Cette voix qui toujours résonne à leurs oreilles ,
A , du monde étonné , commandé les merveilles.
Il l'entendait mêlée à ce noble courroux ,
Qui d'Achille autrefois le rendait si jaloux ,
Alexandre à pleurer arrêté sur sa cendre ;

César, triste à son tour, au tombeau d'Alexandre,
Et lui rendant les pleurs pour Achille versés.

La Gloire ainsi, flattant nos cœurs plus empressés,
Parle au héros qui naît du héros qu'on renomme ;
Un grand homme est toujours produit par un grand
    homme.

Ce pouvoir, que l'exemple exerce sur nos goûts,
Cet attrait par lequel se décèle dans nous
Le désir, le besoin de notre propre Gloire,
Va peut-être dans peu te dominer. L'Histoire,
A ton avidité, déroulant ses tableaux,
Chaque jour la partage à des héros nouveaux ;
Mais leur célébrité, souvent illégitime,
De son faux appareil te peut rendre victime :
Tous sont fameux, et tous ne sont pas vertueux.

Arrête, c'est ici qu'utile et fructueux
Le zèle d'un ami, dont la raison t'éclaire,
Doit régler ton estime, et d'autant plus sévère
Que l'Histoire envers eux le fut moins quelquefois,
Te nommer tes héros, et t'en marquer le choix.

Qu'importe, qu'indignant ton âme encor novice,
Paré d'un faux éclat tu puisses voir le vice,
Et les faibles humains à son aspect glacés,

Le condamnant d'abord, par ses crimes forcés
Lui vouer en tremblant leur coupable mémoire?
Des honneurs qu'il obtint il a terni la gloire;
La tardive Équité, remplaçant la Terreur,
Bientôt brise l'autel qu'on dresse avec horreur.
De la Gloire, écartant cette fausse mesure,
Veux-tu pour la juger une marque plus sûre?
Un nœud divin l'unit aux austères vertus;
C'est le prix des bienfaits.... Les bienfaits lui sont dus.

Immolant leur repos au besoin d'être utiles,
N'était-ce pas guidés par ces puissants mobiles,
Que de hardis humains jetèrent sur les eaux
Les bras long-temps errants de leurs premiers vais-
       seaux,
Pour chercher, secourir et rapprocher des frères
Qu'ils soupçonnaient perdus dans des mers étran-
       gères?
Mais que dis-je?.... Ah! leur fils, par d'avares
       forfaits,
Ont trop fait oublier ces passagers bienfaits.
Quand l'intérêt sordide, hélas! les empoisonne,
Montrez-m'en de plus purs, Rome, Lacédémone,
Lieux où l'or méprisé, vil objet des refus,
Loin de servir au crime, aide à peine aux vertus.
Contemplant du même œil et la mort et la vie,

Nommez-moi vos guerriers ; mères pour la patrie,
Vos femmes sans faiblesse ; et vos fiers orateurs,
Soldats de leurs foyers, et gardiens des mœurs.
La France, quoique loin de ces âges antiques,
Puisqu'elle eut ses vertus, eut ses traits héroïques :
Parmi des noms fameux pour ne nommer que toi,
D'Aguesseau, quand forcé de déplaire à ton roi,
De Fresnes, ton exil, cultivant les ombrages,
Tu laisses de la cour calmer les longs orages,
Quelle force t'élève au-dessus du pouvoir ?
L'amour de la justice et celui du devoir.
Le même qui depuis, dans la France en alarmes,
Semblant fuir tous les cœurs, vint nous tirer des
　　　larmes,
Quand d'un vieillard qu'hélas ! avaient glacé les ans,
Pour son prince opprimé ranimant les accents,
S'il ne le montra pas plus heureux dans son zèle,
Nous fit voir Malesherbe à son maître fidèle.

D'accord avec l'Histoire et confirmant ses traits,
Voilà les vrais héros, en qui le Temps jamais
N'obscurcira l'éclat d'une juste Mémoire :
Prétends à leurs vertus pour prétendre à leur gloire.

Mais souvent un jeune homme, en ses transports
　　　brûlants,

S'arrête tout-à-coup dès ses premiers élans ;
S'indigne des écueils que l'envie amoncelle
Sur la mer orageuse où la Gloire l'appelle ;
Craint les flots menaçants dont sera remplacé
Le flot qu'avec mépris son bras a repoussé,
Et rejetant l'espoir d'y soustraire sa tombe
Un moment soulevé, découragé retombe.
C'est fait de cet Ulysse, il périt..... Qu'un Mentor
Combatte ses dégoûts et lui rappelle encor
Ithaque retrouvée, et sa route remplie
D'obstacles plus réels que la haine ou l'envie.
Pour lui, je crains encor de plus vrais ennemis ;
Le monde et ses flatteurs. Contre elle raffermis,
Nous bravons d'autant mieux une indiscrète rage
Qu'elle éveille du moins le talent qu'elle outrage ;
Mais qu'opposera-t-il à ces amis trompeurs,
Cachant un fiel amer sous de fausses douceurs,
Qui pour mieux l'avilir vont endormir cet aigle?
Rien. Bientôt leurs leçons lui serviront de règle ;
C'est d'eux qu'il apprendra dans ces codes nouveaux,
Où l'oisive Impuissance exalte le repos,
Qu'il n'est qu'un seul plaisir; l'ennui de ne rien faire;
Que tout fuit, que la Gloire est même une chimère.
Et de ses préjugés pleinement revenu,
Heureux ! s'il n'en croit pas autant de la vertu.

Toi cependant, charmé sous sa loi rigoureuse,
Viens, demande au Travail si la Gloire est trompeuse.
Dans un modeste asile, armé de ses douceurs,
Cultivant sans relâche et ton âme et tes mœurs,
Réponds, du long regard qu'élève l'espérance
Vers ce doux avenir dont tu jouis d'avance,
A ce monde frivole, et qui veut te fixer,
Lui ! qu'à peine un instant voit naître et s'éclipser,
Mais jamais jusqu'à lui n'abaisse ton génie ;
Qui lui consacre un jour peut lui donner sa vie.

LE MONASTÈRE

DE LA GRANDE CHARTREUSE,

ÉLÉGIE.

1808.

Quel est ce monument dont le faîte orgueilleux
S'élève au fond des bois, solitaire comme eux ?
J'avance, et par degrés la forêt moins obscure,
Dont l'Automne orageux fait tomber la parure,
Me le laisse entrevoir.... Ah ! déjà j'aperçois
La tour qui de l'airain fait entendre la voix ;
Ces cellules aussi, réduits du Monastère,
Régnant autour du temple ouvert à la Prière.
Eh quoi ! c'est donc ici que des mortels pieux,
S'exilant de la terre, ont approché des Cieux.
Hélas ! ils n'y sont plus ! Un orage du monde,

Qu'ils croyaient oublier dans une paix profonde,
Grondant sur ces hauteurs chassa leurs habitants.

Malheureux! ah! depuis qu'ils ont quitté ces
    champs
L'Automne rigoureux vingt fois les décolore,
Et moi, dans ce désert, moi je les cherche encore!
L'air pur de ces coteaux et ce calme enchanteur,
Dont le baume si doux se répand dans mon cœur,
N'est pas le seul attrait dont le pouvoir m'attire;
J'entends une autre voix; elle semble me dire:
« La Pénitence encore habite dans ces lieux ,
« Ils te parleront d'elle, approche. » Hommes pieux!
Une ombre de vous-même enchante vos retraites.

Que j'aime à parcourir ces ruines muettes
Dont la voix entendue au cœur religieux,
Seule, interrompt par fois le deuil silencieux!
Je n'erre donc pas seul au fond de ces allées,
Dont le vent fait gémir les branches effeuillées?
Ce cloître est habité dont les obscurs détours
Au chemin que j'ai fait me ramènent toujours?
Que dis-je?.... Le voilà l'asile inévitable
Où de saints descendait un peuple vénérable.
Lui seul est habité: soumise aux lois du sort,
Là, la Destruction a respecté la Mort.
D'oubli, de vétusté ce monument succombe,

Et ce funèbre asile est toujours une tombe.
Source de rêverie et de long souvenir,
Une nymphe des eaux s'y vient entretenir,
Et roule tristement ses flots mélancoliques
Où des morts oubliés ont cessé les cantiques.

Mais l'airain retentit.... Nul n'entend ses accents !
Nul ici ne s'émeut à cette voix du temps !
C'est moi seul qu'à présent dans ces vuides demeures
Sur des tombeaux ouverts presse le poids des heures.
A ce triste penser, douloureux sentiment
Que nourrit de l'horloge un long frémissement,
Je m'éloigne rêveur au sein du Monastère.

L'asile où, méprisant une règle vulgaire,
Des frères de leur mort quelquefois écartés,
Par delà la retraite et les austérités,
Se perdaient dans leur Dieu, de fervents solitaires,
La cellule toujours pleine de doux mystères
S'offre devant mes pas. Je n'y vois plus la croix,
L'eau sainte, le missel de l'ermite des bois ;
Mais ce mur d'un patron étale encor l'image.
Ah ! l'humble adorateur d'un Bruno, d'un Pélage,
Quand sa dévotion implorait leur appui,
Souvent priait le saint, tourmenté comme lui,
Qui connut ses erreurs et leur dut sa victoire.
Peut-être dans ces traits lis-je l'obscure histoire

Du fils que la cellule a perdu pour jamais ?
Son histoire !.... qui peut pénétrer ses secrets ?
Hélas ! le plus heureux a connu tant de peines !
C'était peut-être un grand, transfuge de ses chaînes,
Qui vint ici prier et mourir : quelquefois
La bure, de la pourpre a secouru les rois,
Peut-être un Abailard, une vierge paisible ;
Dieu seul toucha son cœur, seul la trouva sensible ;
Le Jour elle priait, et la Nuit, dans son cours,
Ne roulait que les chants de ses pures amours.
Long-temps on entendit cette autre Philomèle
S'annoncer les beaux jours d'une terre nouvelle.
Enfin, l'Ange de paix lui répondant des cieux,
On ne l'entendit plus : la Mort ferma ses yeux.

O paisible trépas ! Inaltérable vie !
Vous, dont la solitude enfermait la patrie,
Les amours, tout l'espoir ; quels regrets éternels !
Quand, vous forçant pour elle à des adieux cruels,
Il fallut délaisser, perdre à jamais de vue
Et la vie espérée et la tombe attendue.
Ces lieux que vous aimiez, quoi ! ne les plus revoir ?
N'entendre plus la cloche ou de l'aube ou du soir !
S'exiler sans aïeux de cette antique race
Dont dix siècles peut-être honorèrent la trace !
Mais plus que l'habitude et vos engagements

Vous écoutiez encor de secrets sentiments.
Ces êtres jadis chers, cet époux, cette épouse
Sur vous des voiles saints jetant l'ombre jalouse,
Qui firent vos destins, dont vous trompez les vœux,
De vous croire fixés ils moururent heureux;
Ils erraient quelquefois sous ces espaces sombres;
Où faut-il maintenant que vous cherchent leurs
    ombres?

Si mon luth, confident de vos longues douleurs,
Ainsi qu'il en gémit, pouvait toucher les cœurs,
Bientôt vous reverriez le lointain Monastère.
Un jour quelque avocat du simple solitaire
A recouvrer les champs créés par vos labeurs
Fera parler vos droits, je fais parler vos pleurs.
Où veut-on que votre âme, en peines si féconde,
Porte l'amer dégoût qu'elle nourrit du monde?
Car envain la raison s'armerait contre lui,
Le plaisir même, hélas! nous condamne à l'ennui.
Du bonheur fugitif abordez la demeure;
Voyez autour de nous chaque jour, à chaque heure,
La Vérité frappant des yeux désenchantés,
Eveiller la tristesse au sein des Voluptés.
Celui-ci s'avançait et crédule et sensible,
Tout le trompe, il gémit; d'une pente invincible,
Tant de douleur l'égare autour des bois, des eaux;

Il cherche, il est heureux s'il peut cacher ses maux.
Cet autre, même avant d'apprécier la vie,
Par instinct s'abandonne à la mélancolie,
Croît, dérobant à tous sa triste obscurité.
Et de ce siècle heureux le savoir si vanté
Pour tant d'infortunés n'a fait que des ruines.

Ah! jadis, le front ceint d'auréoles divines,
La Piété rêveuse et portant sur ces monts
L'humble mais triste oubli d'injurieux affronts,
A soulager nos maux fut plus industrieuse.
Nos crimes l'exilaient sur la roche orageuse,
Il fallut l'arracher aux landes, aux frimats :
A vaincre un sol rebelle elle occupa ses bras ;
S'attachait au rocher, de ses mains pénitentes
Étreignait à plaisir des ronces déchirantes ;
Se vengeait en livrant à ses persécuteurs,
Pour prix de son exil la terre de ses pleurs.
L'or germa sous ses pas dans des sillons arides.
Elle étendit au loin de vastes Thébaïdes ;
De sons harmonieux peupla les airs muets.
Dans les bois souriant à leurs nouveaux attraits,
Dans les vallons, ouvrit l'ombre à la rêverie,
Un ciel à l'Espérance, au pauvre une patrie,
Et loin dans l'avenir, guidant l'homme aux déserts,
Endormit sa tristesse et charma l'univers.

⁘••⁘

A M. LE BARON FOURIER,

L'UN DES SECRÉTAIRES PERPÉTUELS DE L'ACADÉMIE ROYALE
DES SCIENCES, AUTEUR DE LA PRÉFACE HISTORIQUE DE
L'OUVRAGE SUR L'ÉGYPTE.

1812.

Le Nil vous a vu sur sa rive
Chercher la Vérité craintive
Que cachaient des voiles jaloux.
Fier conquérant de l'immortelle,
Vous la ramenez parmi nous.
Chargé d'une moisson plus belle
Que l'or périlleux dont Jason
Ravit l'opulente toison,
Achevez votre heureux voyage;
Menez au port la Vérité;
La lointaine postérité
Attend ce présent de notre âge.
Tandis que des vents secondé,

Vous lui léguez ce beau partage
Sur qui son bonheur est fondé,
De mes vers recevez l'hommage.
Mais gardez-vous dans vos succès
De détourner sur mes essais
Des instants dont la Gloire est fière :
Je ne dessers point ses autels,
Et vous leur êtes nécessaire ;
Je cultive une fleur légère,
Et vous des lauriers immortels.

L'HÉRITAGE,

ÉLÉGIE.

Je le revois ce toit hospitalier, tranquille,
Où ma folâtre enfance eut jadis un asile,
Où, du maître accueilli, je venais tous les ans
M'élancer dans ses bras et visiter ses champs,
Où plus tard de mes jeux la compagne adorée,
Adèle, comme moi, dans ces lieux attirée,
Fit cesser nos plaisirs, et d'un charme rêveur,
Plus doux que leurs transports, vint occuper
      mon cœur.
C'est là, qu'intimidé de ma flamme nouvelle,
J'évitais une amante ou rougissais près d'elle.
C'est ici que par nous plus gravement conduit,
Notre hôte de ses soins croyant trouver le fruit,
En me félicitant de ma raison tardive,
Vit baisser le regard d'Adèle plus pensive.
Hélas ! les bras tendus et penché sur le seuil,

De cet ami si cher j'attends en vain l'accueil ;
Il ne vient point. . . . Déjà rejoint à ses ancêtres,
Un autre est l'héritier de ses foyers champêtres.
Ainsi de l'Amitié, des tendres sentiments,
L'asile n'offre plus que de vains monuments ;
Partout, sur chaque objet, morne, avec indolence,
Le regret attristé se promène en silence.
Il est dans ce sentier dont le pied indécis
Ne revient plus tenter les hasardeux replis ;
Il erre avec cette onde, et dans sa fuite obscure
Change ses flots en pleurs et son bruit en murmure.
Ce Verger dont j'ai vu les arbrisseaux féconds
Épancher sur mes pas leurs trésors vagabonds,
Les refuse à présent, et fuyant sous la feuille,
Le fruit cède à regret à la main qui le cueille.
Ces fleurs, dont autrefois les changeantes couleurs
Naissaient pour exprimer mes plaisirs, mes dou-
    leurs,
Et qui, s'assortissant par un doux hyménée,
Au sein de mes amis exhalaient ma pensée ;
Ces fleurs qu'un doigt léger ne va plus conquérir,
Écloses sans dessein, sans gloire vont mourir.

Tu ne viendras donc plus en former ta cou-
    ronne,

Toi, qu'un devoir pieux amenait chaque au-
    tomne,
Qui flattait notre ami désolé de ses ans,
De joindre à ses hivers un consolant printemps.
Non, ce fil si léger que tissait l'Espérance,
Soutenait nos plaisirs avec son existence,
Il est brisé.... Ces lieux ne te reverront pas.

Devant les traits du Jour précipitant tes pas,
Tu n'iras plus chercher l'ombre de cette allée
Où la Mélancolie avec toi rappelée,
Nous occupait, les yeux fixés sur son lointain,
Du lointain de la vie encor plus incertain.

Le soir, quand s'opposant aux longues rêveries,
Une humide vapeur fermera les prairies,
Ce salon qui nous vit joindre la veille au jour,
Ne retentira plus des accents du retour.
Combien j'aimais l'instant où la Nuit plus obscure
Nous y faisait rentrer pour trouver la Lecture....
Mes maîtres, dont alors je faisais mes amis,
Racine, Saint-Lambert, vous y fûtes admis,
Avide de vos vers, dès lors de gloire avide
Je levais vers votre art un œil encor timide.
De ces premiers liens, pour consacrer le lieu,

Que ne puis-je en beaux vers au moins lui dire
    adieu !

  Mais ces lieux seuls, hélas ! ont-ils perdus leurs
    charmes ?
Et ceux plus chers encore où j'ai versé des larmes !
Ces bois où , quand le temps venait nous séparer,
Adèle , je courais me perdre et te pleurer.
Je souffrais.... Mais hélas ! souvenir que j'abhorre !
J'espérais.... A présent je souffre plus encore.
L'arbre en se dépouillant ne dit plus comme alors:
,« Elle doit revenir.... » Et toi qui fuis ces bords ,
Toi qui chaque an partais et revenais comme elle,
Tu ne me chantes plus , prévoyante hirondelle :
«Je la ramenerai quand viendront les beaux jours.»
Cette fois tu n'as point retrouvé ses secours.

  Eh bien ! si sans espoir votre ami vous regrette,
Amis , dont en ces lieux le souvenir m'arrête ,
Je les fuis.... Leur présence ajoute à mes douleurs,
Et vous êtes contents peut-être de mes pleurs !
Je les fuis.... Mais hélas ! si vos cœurs y revien-
    nent ,
Ah ! le mien y revole. En vain mes pas m'entraînent,
Je ne puis oublier les lieux où m'ont lié ,
Pour la première fois, l'Amour et l'Amitié.

A M. ANDRIEUX,

DE L'ACADÉMIE FRANÇAISE,

EN LUI ENVOYANT MA COMÉDIE DU DÉFIANT.

1813.

Lorsqu'en vous reparaît Molière,
Lorsque des arts sur leur déclin
Vous ramenez l'âge prospère
Et du goût retardez la fin,
Comme un maître que je révère
Je vous vois d'un œil ébloui,
Et vous cherche dans la carrière
Où ma jeunesse téméraire
Marche sans guide et sans appui.
Oui, ma Muse jeune et légère
A besoin d'un censeur sévère;
Mais vous avoir pour protecteur
N'est pas un bonheur qu'elle espère!

On cultive la jeune fleur,
L'arbuste printanier s'émonde
Dont l'éclat, la sève féconde
Promet les dons les plus brillants
Et tel vous étiez à vingt ans!
Mais on délaisse sans culture
La plante aux rameaux languissants
Prodigue en stérile verdure.
Un autre aura donc le bonheur
De vous intéresser peut-être;
Un autre vous nommant son maître
Vous direz : j'aime son ardeur,
J'aime sa Muse téméraire,
L'Étourdie est du caractère
Dont j'ai peint l'essor indiscret,
Puisqu'elle veut plaire, elle plaît,
Et j'en ferai mon écolière.

A MADAME ***,

SUR L'ADOLESCENCE DES FEMMES.

Vous dont à peine au sortir de l'enfance
L'Hymen jaloux vient d'asservir le cœur,
Serait-il vrai qu'au sein de l'opulence
Vous regrettez votre premier bonheur?

Vous m'invitez à retracer l'image
De ces beaux jours où, loin de l'esclavage,
La beauté voit couler ses premiers ans,
Se démêler sa confuse ignorance,
Et sort enfin de son indifférence
Pour s'éveiller aux plus doux sentiments.

Dans l'âge heureux qu'Aglaure, Athénaïde,
En rougissant parent de vingt printemps,
C'est pour les peindre un favorable guide
Que le rapport qui règne entre nos ans.

A découvert je vois encore leur âme.
Il n'est pas loin le jour où de Zulmé
La voix tremblante et le regard aimé,
Parfois couvert d'une timide flamme,
Parfois noyé d'une douce langueur,
Vint me remplir du trouble de son cœur.

Des premiers goûts naît, avec l'existence,
L'instinct rapide ; il vient. C'est le moment
Où tout-à-coup la timide innocence
Est enlevée au sommeil de l'enfance.
De son réveil c'est tout l'étonnement ;
De son bonheur c'est sans doute l'aurore.
Un long tourment qui déjà la dévore
L'en avertit. Un long recueillement
La fait chercher ce bonheur qu'elle ignore.
L'isolement de ce séjour discret
Vient d'attirer sa vague rêverie ;
Et de ce lieu la tristesse chérie
De sa douleur est le charme secret.
Mais de son trouble enfin elle repose.
Ce Dieu charmant, naïf et retenu,
Qui se peignait sur son front ingénu,
A sur sa joue épanoui la rose,
Et dans son cœur l'Amour s'est reconnu.

Au changement que sa présence opère,
Voyez des jeux naître l'aimable essaim,
Et la beauté rassembler sous sa main
Tous ces secrets qui, d'un heureux mystère,
Protégeront son bonheur clandestin.
Il faut voiler aux regards d'une mère,
Taire aux jaloux de furtives amours ;
L'instinct lui-même enseigne ces détours,
Fertile champ des malices des belles,
De leurs ennuis ruses toujours nouvelles.

Je t'en atteste, ô toi! dont les rigueurs
De ton amant éprouvaient la constance!
Ton cœur bientôt, faible contre mes pleurs,
Ne put tenir au tourment de l'absence.
Tu t'éloignais : tu n'avais plus que moi
Dont la douleur s'exilait avec toi;
Tu sais alors quel heureux artifice
Nous rapprochait, quel favorable indice,
De ce refuge offert à nos billets,
Me dénonça l'obscurité propice.

Mais de l'Amour les dangereux secrets,
D'un sexe aimé sont-ils l'étude unique?
O vous! à qui ma plume véridique

Doit de vos mœurs de véritables traits,
Rappelez-moi par quels rares attraits
Vous nous plaisiez jadis sans artifice;
Que vos plaisirs faciles et discrets
Ne m'offrent rien dont la pudeur rougisse.
L'étude abstraite occupait quelquefois
Vos goûts légers; dans leur changeant caprice
Un instrument soupirait sous vos doigts;
Au sentiment, au ton de l'éloquence,
De vos accents vous soumettiez l'aisance;
Ou la toilette, en s'épuisant pour vous,
Parait des traits dont l'art était jaloux.
Par ces secours, la beauté qui sait plaire
Ne brille aux yeux que d'attraits qu'on révère;
De tant d'apprêts l'heureuse dignité
Peut braver l'œil de la malignité;
Mais assurer qu'une honnête innocence
En ait sans but disposé l'élégance,
Et qu'ils ne soient de dangereux appâts,
C'est un secret dont je ne réponds pas.

Églé se pare. Ah! parer une belle,
C'est un forfait, mais c'est celui d'Églé.
Chaque ornement autour d'elle étalé,
Dans ses regards anime l'étincelle

Dés feux charmants qu'elle doit allumer.
Dans ce transport d'une agréable ivresse,
L'ardent désir qui la vient enflammer,
D'un art perfide a redoublé l'adresse.
Que ce tissu, voile de ses appas,
Cède à la grâce autant qu'à la décence !
Oh ! si du cœur il peignait les combats !
Que ces cheveux, dans leur molle élégance,
Flottent aux vents ! c'est peu. De ces habits,
Que les contours, les ondoyants replis,
Dans ces parfums purifiés encore,
Embaument l'air de l'haleine de Flore.

Heureux délire ! et trop courtes erreurs !
Un autre temps vient bientôt vous détruire.
L'Hymen paraît : de cent plaisirs trompeurs
L'illusion dans ses nœuds nous attire.
De ses attraits le plus victorieux,
Sur la beauté qu'un tendre hymen engage,
C'est le pouvoir qu'il lui donne en partage ;
On veut régler son bonheur sur ses vœux.
Plus libre, hélas ! en est-on plus heureux ?
Au tendre amour succède la licence.
La volupté naissait de la décence ;
Le plaisir même a perdu ses appas.

Il s'est enfui de ce cœur déjà las.
Comment le rendre à notre indifférence?
Que faudrait-il? quel don imaginer?
Un cœur encor que l'on puisse donner,
Et de ses biens le premier, l'Espérance.

LE REFUS,

ÉLÉGIE.

L'AUTRE jour j'étais à ses pieds,
Égaré, respirant à peine;
Autour d'elle mes bras liés
L'enlaçaient d'une double chaîne.
» Suis-je aimé? ne le suis-pas?
» Lui demandais-je avec instance,
» Parlez-moi, votre long silence
» Me coûte plus que le trépas;
» Ayez pitié de ma souffrance,
» Et sur-tout ne me trompez pas. »
Un moment, moment plein de charme,
Je jouis de son embarras!
Comme un vaincu qui rend les armes,
Elle cessait de vains combats.
Mais bientôt sa franchise expire;
Libre de son nouveau lien,
« Allez, je ne dois rien vous dire,
» Dit-elle, vous ne saurez rien. »

Quoi ! jamais ta bouche sincère
Ne fera couler dans mon sein
Ce baume heureux et salutaire,
L'espoir d'un bonheur plus certain !
Quoi ! cruelle, et tu justifies
La plus noire des perfidies,
En opposant au désespoir
Le vain fantôme du devoir !
Mais le premier devoir sur terre
C'est partout la sincérité ;
L'honneur de ton âme écouté
Nous en fait la vertu première.
L'amant qui cherche à t'y porter
Ne fait rien que te répéter
Ce que t'a dit cent fois ta mère.
Quelque jour, plus impérieux,
Et d'une voix plus éloquente,
Le regret te le dira mieux,
Quand par ta faute, ô mon amante,
Le Chagrin fermera mes yeux !
Alors, je le prévois d'avance,
Tu gémiras, mais vainement,
De cette folle résistance
Qui tourmente un fidèle amant.

3

LE CONGÉ.

Feux de printemps ne durent guère :
Zéphir meurt presque avant les fleurs ;
Les fleurs, à leur tour, sur la terre
Se flétrissent sous les chaleurs.
Déjà, dans la nature entière,
L'amour s'éteint dans tous les cœurs
Rassasiés de sa lumière
Et satisfaits de ses douceurs.
Moi qui soupirai pour Élise
Au premier vol du papillon,
Qui le lui dis avec franchise
Au souris du premier bouton,
Irai-je encor dans la carrière
Où tant d'amants m'ont devancé,
Parler d'amour à ma bergère
Quand le printemps s'est éclipsé ?
Adieu, plûtôt, cruelle amante ;
Il n'est qu'une courte saison
Où la tendresse triomphante
Impose un joug à la raison.

Elle est passée, et je t'oublie !
A qui n'obtient point de retour
La persévérance est folie.
J'y renonce.... adieu les amours !
Que ces fruits d'une ingrate chaîne,
Sans avoir achevé leur cours,
Sans avoir embelli nos jours,
Perdent leur existence vaine !
Qu'ils se dissipent dans les vents
Comme les feux des tourterelles,
Qui n'ont dû vivre qu'un printemps !
En songeant qu'ils avaient des ailes,
On ne peut les pleurer long-temps.
Qu'ils aient pour dernière demeure
Tes regrets les plus sérieux,
Pour épitaphe mes adieux. . . .
C'est donner, j'en fais la gageure,
A feu d'un jour tombeau d'une heure.

A L'AUTEUR

D'UN POËME ÉPIQUE.

EMBOUCHEZ la trompette épique;
D'un auteur anacréontique
En vain les doucereux efforts
Nous vantent ses fumeux accords,
Et placent sa vineuse veine
A côté des eaux d'Hippocrène
Et de leurs sublimes transports :
Le moindre imitateur d'Homère
Passe, dans sa sagesse austère,
Tous ces nouveaux Anacréons
Qui du vieux chantre de la treille
N'ont jamais eu que la bouteille
Et ne vantent que ses chansons.
Lafare, Bachaumont, Chapelle,
Gens que l'on cite à tout propos,
Dans leurs talents originaux,
Donnaient leurs écrits pour modèle

Et leurs excès pour des défauts.
Ils buvaient en gens raisonnables,
Et tant de buveurs sont des sots!
Leurs imitateurs plus coupables,
Ont donné seuls un prix nouveau
Au délire de leur cerveau,
Enivré les Muses à table,
Et mis le Parnasse au *Caveau*.
Pour conclure en juge équitable :
Leur genre eut des imitateurs ;
Ils ont débauché quelques têtes,
Ils ont fait de très-bons buveurs,
Mais rarement de bons poëtes.

A JULIE.

O ma Vénus ! ô mes amours !
Objet charmant, orné d'atours,
Pétri de grâces, de tendresse
Toi que j'élis pour la beauté,
Ma souveraine et ma maîtresse ;
Qui n'as point le fard emprunté
Ni la feinte simplicité
D'une novice ridicule ;
Qui souris à la volupté
Sans vains remords et sans scrupule ;
Je veux de loin comme de près
Offrir à tes jeunes attraits
Unique amour, tendre caresse,
Agacer par de nouveaux traits
Ta sensible délicatesse,
Et par mes chatouilleux accents
Réveiller encor dans tes sens
Et le sourire et la finesse.
« Et comment vous y prendrez-vous ? »

Me dis-tu d'un air de Princesse,
Et d'un regard moitié jaloux,
Où sur le rayon le plus doux
Règne un nuage de tristesse :
« Ma bouche peut-elle s'ouvrir
« Au sourire de l'allégresse
« Mieux que la rose épanouir
« Pendant l'absence du Zéphir ? »
Ah ! je t'entends, ô ma friponne !
Tu veux incessamment pleurer
Les peines que le sort nous donne ;
Et quand il vient nous séparer,
Tu te laisseras déchirer
Par les chagrins qu'il nous façonne.
Non, non, je ne le permets pas.
Fût-il plus doux pour ma constance
De voir tes charmes, tes appas,
En gémissant de mon absence,
Sécher, languir loin de mes bras.
Dis-moi, je t'en fais la prière,
De quoi nous servent les douleurs ?
Quels plaisirs rachètent les pleurs
Qui viennent baigner ta paupière ?
Les malheurs sont-ils moins aigus

Pour ceux qui pleurent leur misère ?
Les Chagrins tourmentent-ils plus
Ceux qui n'en sont point abattus
Que celui qui s'en désespère ?
Tu ne songes qu'à ces beaux jours,
Heureux printemps de nos amours,
Où ton front ceignait la couronne
Des roses de la Volupté.
Mais tu sais bien, je le soupçonne,
Que chez la frêle humanité
Il n'est point de félicité
Que l'Amertume n'empoisonne.
L'Amour, dans sa légèreté,
Comme un beau ciel nous abandonne,
Et comme lui nous rend l'été
Après les tristes jours d'automne.
Élançons-nous dans l'avenir ;
La jeunesse a trop de carrière
Pour s'occuper d'un souvenir.
Je ne veux plus m'entretenir
Que du lointain imaginaire.
Je noie au fond du sombre oubli
Nos secrètes intelligences
Et le tableau pourtant joli

De nos rapides jouissances.
Le passé n'est plus rien pour moi ;
Le présent n'est que l'espérance
Qui me flatte un jour d'être à toi ;
Moment qui n'est pas loin , je pense.
Et pour ce jour point de refus ;
Tu banniras la retenue ,
La réserve , les airs confus
De cette pudeur ingénue
Qui cache encor moins de vertus
Quelle ne provoque d'offense.
Il n'est point d'amoureux plaisir
Où n'est pas un peu de licence ;
Il faut enfin te dessaisir
Du voile de ton innocence.

. . . .
. . . .
. . . .

A PHILIS,

SUR LES FEMMES QUI SE LIVRENT A L'ÉTUDE ET A LA CULTURE DES LETTRES.

Loin de toi, ma Philis, ces vulgaires censeurs
Dont le souffle ennemi, les discours corrupteurs,
De honteux préjugés infectant ma patrie,
Dans ton sexe ont blâmé les élans du Génie;
Loin de toi ces mortels nés pour l'obscurité,
Véhéments orateurs de la stupidité,
Qui, s'arrogeant le droit d'agir d'après leurs âmes,
Du temple des beaux-arts ont éloigné les femmes.
Ce sont eux qui naguère exhalèrent leurs cris.
Sur les bords fortunés où méditait Genlis;
Voltaire a vu souvent leur impuissante envie
S'éveiller aux succès de sa jeune Émilie;
Aujourd'hui même encor, dans nos cercles
     brillants,
Leur orgueil déguisé fait la guerre aux talents.
Veux-tu les reconnaître? Entends leur imposture
Vouloir interpréter les lois de la nature.
« Non, les Dieux, diront-ils, n'ont pas fait la beauté

« Pour l'éclat du savoir : ce sexe fut doté
« D'aménité, de grâce et de délicatesse;
« Il élève à l'amour, instruit à la tendresse;
« Mais la palme des arts, rebelle à ses travaux,
« Jamais ne l'ombragea de glorieux rameaux. »

Va, Philis, ne crains pas que ce discours
    t'outrage;
La satire des sots vaut mieux que leur suffrage :
L'enfant de Pandion, charmant l'écho des bois,
Vit des monstres jadis croasser sur sa voix,
Et cependant toujours à la saison nouvelle
Ton cœur palpite encore aux chants de Philomèle.

Pour réfuter l'essaim de nos faux raisonneurs,
A leur subtilité j'opposerai des pleurs.
Vous dites, malheureux, que dans le sein des
    femmes
Le vrai talent jamais ne suscita ses flammes!
Voyez, jetez les yeux aux rives de Lesbos,
Quel accent s'entremêle au vague bruit des flots?
J'entends par intervalle une voix solitaire,
Et je l'écoute encor qu'elle vient de se taire.
Hélas! c'était Sapho demandant à la Nuit
Ou la paix du sommeil ou l'amant qui la fuit.

Oh! reviens m'enflammer, reviens à ma mémoire,
De deux doctes amants noble et touchante his-
    toire !
Redis-moi ces leçons où l'ardent Abailard
Enivrait Héloïse et du maître et de l'art.
Héloïse, sensible autant qu'on l'est à l'âge
Où l'Amour dans nos cœurs vient régner sans
    partage,
Concevait des attraits plus grands que la beauté,
Et chérissait l'étude avec avidité.

Allons, rivaux jaloux des vertus que j'encense,
Trop absolus tyrans d'un sexe sans défense,
Sur des dons partagés vous ne disputez plus :
Minerve de talents commerce avec Vénus.
Avouez que la femme instruite par les Graces,
Du Pinde comme vous peut s'aplanir les traces.
Oui, les purs sentiments, l'Imagination,
L'éloquence du cœur, l'aimable Fiction,
Demandent les pinceaux ou la facile Muse
Des Verdier, Dufrénois, Dévonshire ou Lasuze;
Dans l'art d'entretenir un objet éloigné,
La victoire est encore aux mains de Sévigné.

Pour toi, Philis, dont l'heureuse jeunesse
A tous les goûts se livre avec ivresse;

Qui, sans quitter l'école des plaisirs,
Ce vaste champ où cueillent nos désirs,
Veux augmenter les douceurs d'une vie
Que nul pouvoir ne peut rendre infinie ;
Qui veux changer en couronne de fleurs
Ce cercle étroit qui ceint notre existence ;
Connaître tout, sonder les profondeurs
Des voluptés comme de la science ;
Oui, j'applaudis à ton ambition :
Des vérités va ravir le rayon ;
Sois philosophe, et même un peu savante ;
Alors, je crois, l'âme est plus éloquente :
Lis nos Platons ; sans perdre un sentiment,
Sans devenir plus légère ou plus folle,
De nos romans connais le ton frivole ;
Et même encor, si trop légèrement
Tu ne vas pas reprocher savamment
A bien des gens de ne savoir pas lire,
Tu les verras pardonner au talent :
Le blâme seul excite la satire.
Femmes ou non, il faut bien vous le dire,
Martyrs constants de la haine des sots,
L'homme, jaloux des vertus qu'il admire,
Dans votre éclat ne craint que ses défauts.

A ÉGLÉ,

QUI REPROCHAIT A L'AUTEUR DE FAIRE DES VERS
DEPUIS LONGTEMPS.

Oui, ma muse est un peu vieillie,
Elle date de vos quinze ans ;
Vous étiez alors fort jolie,
Vous me rendiez mes compliments ;
Aujourd'hui je vous rends le vôtre.
Soyons sincères l'un et l'autre :
L'âge ne fait rien aux talents,
Ou plutôt l'âge seul accomplit un poëte.
Cette maturité qui déplait aux amants,
Plaît au lecteur qui nous achète.
J'observe que le même temps
Qui mûrit un auteur vieillit une coquette :
Je dois beaucoup à son secours.
Il est de vieux travaux consacrés par la Gloire ;
Mais, par malheur pour vous, je n'ai point en
mémoire
D'avoir vu de vieilles amours.

LA CONFESSION

D'UNE MÉDISANTE.

Jusqu'a quinze ans je fus jolie ;
Mon regard était vif et pur ;
Dans mon langage la folie
A rien d'outrageant ni de dur
N'alliait jamais la saillie.
Comme on s'approche d'une fleur
Pour en respirer l'ambroisie,
Toujours sur ma bouche une amie
S'abreuvait du miel de mon cœur.

A quinze ans j'appris à médire,
Las ! c'est àpprendre à s'enlaidir ;
Innocemment de la satire
Je savourais l'affreux plaisir.
Bientôt je ne vis plus sourire,
Chacun cessa de m'applaudir ;
Dans les yeux je ne sus plus lire

Si je faisais peine ou plaisir :
Le moyen de se reproduire
Dans la glace qu'on veut ternir !

A vingt ans, jeune pigrièche,
Je mis en fuite les maris :
On ne croit plus là rose fraîche
Quand les guêpes y font leurs nids,
Et sur sa tige elle dessèche
Dans l'abandon et le mépris.

LE PLUS BEAU JOUR

DE LA VIE.

Fécond théâtre de nos peines
Où figure peu le Plaisir,
Nos jours sont de mobiles scènes
Qu'il faut tour à tour parcourir.
Mais dans ce rapide passage,
Où nous nous hâtons malgré nous,
Il est un jour qui davantage
A droit de plaire à tous les goûts.
Quel est-il? On va vous le dire.
Et la jeune âme de Thémire
Va sur l'épreuve de ses sens
Vous développer ses penchants.

Allons, Thémire, on vous en prie,
Retournez à vos jeunes ans;
D'un pied léger courez la vie,
Marquez sur les traces du Temps
Le jour qui doit nous faire envie.

3*

Vous naissez.... C'est un bien beau jour
Pour la mère qui vous adore;
Peut-être même pour l'Amour,
Non pour vous, vous dormez encore.

Vous grandissez. . . . Chaque matin
Joint un charme à votre innocence;
Mais du Plaisir l'utile main
Néglige encor votre existence.
De ce court sommeil de l'enfance,
Non, le rêve n'est pas si doux:
Votre âme est peu préoccupée
De messieurs vos petits Joujoux
Et de mistriss votre Poupée.

Enfin vous aimez.... Quel bonheur!
Thémire vous avez un cœur.
Jusqu'alors ignoré peut-être
Ce sens caché vous vient de naître:
Dans les bras de votre maman
Le don d'aimer vient vous surprendre;
De lui rendre un présent si tendre,
Arrangeant en secret le plan,
Vous baisez sa main généreuse;
Vos baisers lui rendent ses soins.

Êtes-vous tout-à-fait heureuse ?
Non, vous apprenez des besoins.

Un autre jour, de l'indigence
Vous soulagez l'humble douleur ;
Vous connaissez la bienfaisance,
Mais avec elle le malheur.

Plus tard vous faites une amie,
Vous la perdez pour un amant.
Bientôt au bal on vous convie ;
Est-ce le jour le plus charmant ?
Hélas ! vous excitez l'envie ;
C'est un bien triste amusement.
Plus loin vous approchez Germance ;
Ce jour serait assez serein :
A la traverse vient l'absence,
Et le plaisir tourne en chagrin.
Il vous écrit.... et de sa lettre,
Qu'il était mal de vous permettre,
La lecture coûte un regret.
Que veut-il ? vous faire promettre
De le voir encore en secret.
Au rendez-vous, de trop d'alarmes
Vos courts plaisirs sont menacés ;

Vous l'évitez pour fuir les larmes,
Et cependant vous en versez.
Ah! dites-vous, je désespère
D'atteindre un bonheur incertain,
Toujours près et toujours lointain,
Promenant son ombre légère
Sur des objets qu'il fuit sans fin;
Nul jour encor n'a pu me plaire.
Attendez encore à demain;
Pressé d'un refus qui l'appelle,
Germance va trouver l'Hymen;
Ce dieu met dans sa main fidelle
Le dépôt de votre destin
Et le doux poids de votre main.

Eh bien! avouez-le, Thémire,
Voilà le plus beau de vos jours.
En vain la pudeur en soupire,
Je vois votre bouche sourire,
Au flambeau riant des amours,
Et sous le voile du mystère
Que dissipe un cri téméraire,
J'entends le mot approbateur
Qui promet ce jour au bonheur.
Ah! laissez la triste Prudence

Dans des plaisirs souvent trompeurs,
Prévoir d'inévitables pleurs;
Des époux conter l'inconstance,
Et des nœuds de la confiance
Détacher sourdement les fleurs :
Un bonheur goûté sans ombrage,
La liberté de vos amours,
Cette liberté douce et sage
Et dont rien ne gêne le cours,
Fait pourtant un jour sans nuage.
De ce jour le bonheur si plein
Balance bien, je le parie,
Toutes les peines de la vie...,
Tous les regrets du lendemain.

LES ROSES.

Couronne-toi de ces roses nouvelles,
Flore, Zéphir, te les donnent pour sœurs :
Il n'appartient qu'à la Reine des belles
De se parer de la Reine des fleurs.

En les voyant sur ta brillante tête,
On doutera, séduit par ta fraîcheur,
Si leur éclat brille pour ta toilette,
Ou si c'est toi qui brilles pour la leur.

LE MÉCANISME DE LA POÉSIE.

A peine des conseils tracés par Richelet
Un novice Apollon pénètre le secret,
A peine encor profès au métier des Corneille,
Suppléant par ses doigts à sa tardive oreille,
Il apprend de quels mots il doit remplir un vers,
Qu'aussitôt sur ce fruit d'un esprit de travers
Il se croit pour rimer formé de sympathie.
Voilà le jeu Damis ; mais voyons la partie.

VISITE A M. ANDRIEUX,

DE L'ACADÉMIE FRANÇAISE,

Le lendemain d'une représentation de sa comédie de Molière avec ses amis.

J'APPRENDS au moderne Molière
Qu'hier sa pièce encore enchanta tout Paris.
Il est toujours nouveau pour ce même parterre
    Qu'ont charmé les deux Étourdis.
Sans doute il l'aura su de l'aimable Isabelle,
Du sage Despréaux, de son ami Chapelle (1).
    Moi qu'anime un même intérêt,
Je confie au papier cette heureuse nouvelle
    Et je la laisse à Laforêt.

(1) Personnages de la comédie de *Molière avec ses amis.*

LE TOMBEAU D'AGLAURE.

Au monument glacé qu'un triste saule ombrage,
Ton amant, chère Aglaure, a traîné son veuvage.
Ah! voilà donc l'asyle où nous conduit la mort!
Après avoir aimé c'est ici qu'on s'endort!
C'est là qu'un monde vain a délaissé tes charmes,
Et qu'en t'abandonnant il t'a donné des larmes!
On le voyait jadis admirer tes appas:
Ses frivoles honneurs s'arrêtent au trépas;
L'amant seul est fidèle à l'objet qu'il adore;
Ce qu'il aima vivant, éteint il l'aime encore.

BOUTADE IMPROVISÉE,

A UN AMI.

Je suis à la campagne, où dans l'indifférence
J'achève d'abrutir un reste de raison ;
Le plaisir de les perdre avec profusion
Remplit seul mes moments perdus sans espérance.
Se prêtant aux désirs que forme ma fureur,
Un coursier, de mes vœux agile serviteur,
Me porte dans ces bois et promène un sauvage,
Qui ne voit devant lui ni souvenir ni nom.
Descendu de ses flancs sur l'émail d'un gazon,
Je me couche au milieu d'un épais pâturage ;
Je regrette étendu sur le riant tapis,
Un aliment que l'homme a rejeté jadis,
Et qui de ma langueur peut-être est le remède.
L'oiseau qui de mes pieds s'est élevé sans aide
Emporte mes regards dans son asyle vert.
Je le suis dans les bois, volant de cime en cime,
Et pour fournir son vol, dans l'ardeur qui m'anime,

De plumes comme lui voudrais être couvert.
Que gagné-je au bonheur d'occuper plus d'espace
Que d'offrir plus de prise au mal qui me menace ?
Cet animal vivant sans contrainte et sans loi,
Qui même en son bonheur l'emporte encor sur moi,
De tout ce qui me manque a réveillé l'image.
Je vois les maux de l'homme et son triste esclavage,
L'ardente ambition, qui comme un furieux,
Si loin de son repos l'emporte dans les villes
Et lui vend cher le droit qu'il avait d'être heureux.
Ici je foule aux pieds ces préjugés futiles ;
Vivre n'est pas le prix d'un soin ambitieux.
Je méprise le monde et sa gloire éphémère.
Dans ce monde trompeur je n'ai plus qu'un ami,
Et je regrette encor la trompeuse chimère
Qui le tient loin de moi, dans le piège endormi.

4.

ALBERT ET AMÉLIE,

POÈME EN UN CHANT.

FRAGMENT.

Lyre que pour la gloire exerçait l'Espérance,
Et dont je pleure encor le douloureux silence ;
Lyre d'un tendre ami, jeune amant des neuf sœurs,
Que m'enleva la Mort au sein de leurs faveurs,
Chante de ses beaux jours l'aurore désolée,
Et sa fin douloureuse et pourtant consolée.

Élève des beaux-arts dès ses plus jeunes ans,
Entre mille rivaux émules de talents,
Dont la France élevait la Gloire adolescente,
Albert, riche d'une âme et sensible et brûlante,
Autant ce rare don l'avait distingué d'eux,
De les surpasser tous donnait l'espoir heureux.
Ses essais, où déjà, sur de frivoles pages,

Un instinct dévorant, sombre éclair des orages,
Versait des passions la sinistre chaleur,
Lui promettaient un nōm, mais celui du malheur.
S'il avait peint l'amour, la haine, la vengeance,
L'écrit qu'avait tracé sa naïve éloquence,
De tous ses sentiments délateur indiscret,
Annonçait que son cœur un jour les sentirait.
« Oh ! » se disait l'ami de l'étude secrète,
Dont l'écrit nouveau né visitait la retraite,
Et dont, loin de nos Arts, les studieux loisirs,
Pressentaient nos trésors et jugeaient nos plaisirs,
« Si l'homme de ces dons, nécessaire victime,
« D'un malheur inoui paie un talent sublime,
« L'infortuné ! combien, le réservant aux pleurs,
« Le ciel lui vendit cher de trompeuses faveurs !
« Malheureux s'il déteste, et malheureux s'il aime ! »
Tel le lecteur obscur, qui l'ignorait lui-même,
L'admirait, le plaignait ; et, satisfait, troublé,
L'œil brillant d'un plaisir qu'une larme a voilé,
Écoutait, arrêté sur la page muette,
De ses destins futurs murmurer la tempête.

Hélas ! l'homme, souvent, s'il ose le prévoir,
Voit l'avare bonheur infidèle à l'Espoir ;
Mais le Malheur qu'on craint trompe-t-il notre
    attente ?

L'augure s'accomplit! La douleur dévorante
Vint éclipser d'Albert les jours sereins et doux,
Et dès lors, ô beaux-arts! il fut perdu pour vous.
Je vis dans son regard tarir l'humide flamme
Dont s'animaient ses yeux où se peignait son âme;
Sa grace disparut, son teint perdit sa fleur,
Et jusqu'à son discours sa native chaleur.
De ses pas adressés vers quelque solitude,
La démarche épiée, ou bien l'incertitude
Le rendait-elle auprès de ses jeunes amis,
Muet, mais ranimé par leurs doctes récits,
Et comme d'un long rêve écartant la présence,
Ce mot seul échappait à son morne silence:
« Qu'est-ce que le génie? » Ou s'il voyait les champs
Nouvellement parés de leurs charmes touchants,
Triste, effeuillant la fleur pour le printemps fleurie,
« Êtes-vous le printemps? » disait sa rêverie.
Mais des traits de la Mort lentement pénétré,
De l'univers entier par son deuil séparé,
Le mal le plus funeste à sa langueur extrême,
Ah! c'était le secret qui, le cachant lui-même,
Le dérobait aux soins et leur voilait son cœur.
S'étonnait-on de voir sa précoce langueur,
Et sitôt de son teint la rose pâlissante:
« Je n'ai rien, » disait-il d'une bouche mourante.
Il n'avait rien! Pourtant des pleurs mystérieux,

Alors qu'il l'assurait, s'échappaient de ses yeux.
Il n'avait rien ! Pourtant sa croissante faiblesse,
Le triste isolement, la pénible tristesse,
Tous les tourments de l'âme, aliments du malheur,
Pâle, l'avaient couché sur un lit de douleur.
Là, du trépas enfin la tranquille assurance,
Le souvenir touchant des jours de son enfance,
De ses premiers plaisirs, même de ses tourments,
Qui l'occupaient encore à ses derniers moments,
Ouvrent ses yeux aux pleurs et son cœur à la plainte·

  « De mes rapides jours la flamme est donc éteinte ! »
Dit-il à ses amis, dont ses longs désaveux
Épuisèrent long-temps le zèle infructueux.
« Dans un muet effroi contemplant ma poussière,
« Bientôt sur mon front pâle ou ma froide paupière,
« Vous chercherez quel mal, dans mon cœur ren-
        fermé,
« L'a marqué pour la tombe, à peine a-t-il aimé.
« Dans mon souffle exhalé, fuyant avec ma vie,
« Vous ne trouverez point sa trace évanouie :
« Sans laisser de vestige il dévore le cœur.
« L'Amour fit mon tourment : il eût fait mon
        bonheur,
« Sans vos Arts, cette Gloire, ingrate récompense,
« Que pour le désespoir cultive l'imprudence ;

« Sans un monde où j'ai fui ses innocents appas.

« Pour être malheureux le ciel ne me fit pas !

« Belle patrie, aux lieux berceau de ma naissance,

« Doux foyers paternels, le repos, l'innocence ,

« Un cœur pour les aimer, il m'avait tout donné.

« Charme de ces trésors, comme moi destiné

« A ne point s'éloigner de leur grace native,

« Près de moi s'élevait une beauté naïve.

« Les vœux de nos parents, un mutuel amour,

« D'un hymen espéré nous unissaient un jour.

« O que le ciel, d'attraits si prodigue envers elle,

« Pour de modestes vœux ne la fit-il moins belle !

« Dès long-temps, respiré peut-être avec les airs,

« S'expliquait dans mes goûts le goût puissant des vers:

« Trop semblable au torrent qui, cachant ses tour-
            mentes,

« D'abord environné de campagnes riantes,

« Du luxe de ses bords peignant ses flots nouveaux,

« Meurt en d'affreux déserts, épuisé de ses eaux.

« Des fruits adulateurs de mon naissant génie,

« Plus que moi s'enivrait l'imprudente Amélie :

« Amélie est le nom, tant de fois soupiré,

« Par ma jeune compagne aux attraits consacré.

« Albert, me disait-elle, une retraite obscure

« De simples habitants, leur vie égale et pure,

» Ne vous donneront pas un bonheur fait pour vous.

« Celui que vous cherchez naît sur des bords plus
    doux.

« Venez voir ces Cités où la délicatesse

« Du sentiment épure, entretient la richesse;

« Où l'âme parle à l'âme; où le talent jugé

« Dirige vers la Gloire un vol encouragé.

« Des graces de mon sexe, école plus sévère,

« Paris va m'élever sous les yeux d'une mère,

« Accompagnez nos pas. » Et, du fatal séjour

Son doigt montrant la route, elle ajoutait : « Un jour

« Albert peut dans ces lieux étendre ma Mémoire. »

Et comme mon amour, me demandait ma gloire.

« Quand pourrai-je, éloigné de nos obscurs remparts,

« Voir la Cité lointaine où l'on connaît les Arts?

« Nous partons. Dans Paris, chaque jour embellie,

« D'un talent inconnu se parait Amélie;

« Et, près d'elle appelés, tous les Arts, tour à tour,

« Ou le rendaient présent, ou remplaçaient l'Amour,

« L'aiguille, le pinceau, la facile science

« Qui prépare au Malheur sa plaintive romance. »

LA FEMME AMIE,

COMÉDIE

EN TROIS ACTES, EN VERS.

FRAGMENT.

PERSONNAGES.

ÉMILIE , cousine de Melcour.

MELCOUR , cousin d'Émilie.

DUCHATEAU , intrigant.

SAINT-CLAIR , ami de Melcour.

Mme DUPRET , femme d'intrigue.

IRIS , aventurière, passant pour fille de
  Duchateau.

FRONTIN , domestique de Melcour.

LA SCÈNE EST A PARIS , DANS UN HÔTEL GARNI.

LA FEMME AMIE.

SCÈNE PREMIÈRE.

ÉMILIE *vêtue en jeune veuve.* FRONTIN *portant un sac de nuit, une cassette, un porte-feuille de dessins.*

FRONTIN.

Enfin voici l'hôtel.

ÉMILIE.

Que ce Paris est grand !

FRONTIN.

Allez, on n'y vit pas plus à l'aise pourtant ;
On n'y voit que fripons.

ÉMILIE.

Et que pour un jeune homme
Ce séjour est à craindre !

FRONTIN.

Aussi sage économe
Des erreurs dont vos soins veulent le préserver,
Sur les pas du jeune homme on vous voit arriver.
Vous avez vu pour nous déjà plus d'une ville.

ÉMILIE.

Hélas ! oui.

FRONTIN.

Nous comptons Rouen, Brest, Abbeville,
Paris. Sera-ce au moins notre dernier séjour ?

ÉMILIE.

Je le voudrais ainsi ; mais dis, que fait Melcour ?

FRONTIN.

Dabord je vous dirai qu'ici point de Lucrèce
Ne s'étant occupée à former sa sagesse,
Nos dames ne l'ont point ou cachent ce secret ;
Elle s'est dérangée un peu, foi de valet.
Faisant le mal qu'il voit pour le bien qu'il ignore,
Se trompant tous les jours pour se tromper en-
　　core,
Il voit nos jeunes gens.

ÉMILIE.

Il est bien peu d'amis.

FRONTIN.

Il joue.

ÉMILIE.

Hélas ! toujours ?

FRONTIN.

Fait des dettes.

ÉMILIE.

Tant pis.

FRONTIN.

Se marie. Oh ! ceci passe la raillerie ;
Sans mon consentement, madame, il se marie.
Pour ce que le procès exigeait de ses soins
Il ne voit avocat, ni juges, ni témoins.
Monsieur Saint-Clair lui seul....

ÉMILIE.

Frontin, cette personne
Que prend Melcour, sans doute, est honnête ?

FRONTIN.

Ou friponne.
Frontin ne consent pas, c'est vous en dire assez.

ÉMILIE.

(à part.)   (haut.)
Hélas !.... Melcour, de moi ne parle-t-il jamais ?

FRONTIN.

Il a de bons moments encor dans sa folie.

Quelquefois, c'est alors que la mélancolie
Le saisit tout-à-coup quelque bon lendemain,
Il m'approche rêveur, et me serrant la main :
« Il te souvient, dit-il, de cette aimable veuve
« Qui, riche d'un pinceau, du sort bravait
   l'épreuve,
 « Et dont en divers lieux, trop tôt abandonnés,
 « Le hasard nous rendit les voisins fortunés ;
 « Sa bonté, ses conseils me l'avaient rendu chère. »
Mais prenant tout-à-coup un langage contraire :
« Conviens que cependant le jeu m'a réussi. »
(C'est quand il a perdu.) « Que j'ai plus d'un ami. »
(S'il est dupe deux fois.) « Qu'Iris a du mérite. »
Et toujours son Iris qu'à tout propos il cite.
Mais quoi! dans vos beaux yeux je vois rouler....
   hélas !
Il le faut avouer, nous sommes bien ingrats,
Après ce que pour lui nous vous avons vu faire!

ÉMILIE, *qui a été émue par le dernier couplet.*

J'ai fait ce que j'ai dû, mais ce qu'une étrangère
Pour Melcour, il est vrai, peut-être n'eût pas fait.
Frontin, je dois enfin t'avouer mon secret.
Melcour est mon cousin.

FRONTIN.

Ceci va le surprendre.

ÉMILIE.

Il perdit ses parents dans un âge encor tendre,
Et vint chercher les soins dont leur mort le privait
Près d'une mère, hélas ! qui seule m'élevait.
Il ne put conserver une amie aussi chère ;
Le ciel, après deux ans, nous ravit cette mère.
Mais sa mourante voix avait son dernier jour
Déposé dans mon sein cet ordre pour Melcour :
« Ne l'abandonne pas, ô ma chère Émilie !
« Et tout ce que pour toi je fis jusqu'aujourd'hui
« Tu le reconnaîtras en le faisant pour lui. »
Vainement la raison me rendait son aînée,
Melcour avait vingt ans ; plus jeune d'une année
Je le vis s'éloigner. Bientôt de ses excès
Le bruit vint jusqu'à moi. Juge, dans mes regrets,
Si j'entendis la voix d'une mère adorée !
L'amie auprès de qui je vivais retirée
Me permit de voler soudain à son secours.
Un seul point nous gênait ; Melcour de quelques
        jours
Était mon tuteur.

4*

FRONTIN.

Ah! vous êtes la pupille
Que j'ai tant plainte. A Caen il vous croit plus
tranquille.

ÉMILIE.

J'obtins qu'on lui cachât mon départ. Ces habits,
A des yeux importuns excusant mes ennuis,
Me le laissèrent voir.....

FRONTIN.

Sans qu'il connût vos charmes,
De veuve vous n'aviez que le deuil.

ÉMILIE.

Et les larmes.

FRONTIN.

A vous le voir porter si scrupuleusement
Aussi, j'en crus toujours, moi, l'objet très vivant.

ÉMILIE.

Un talent, reste, hélas! des leçons d'une mère,
De ma personne encore augmenta le mystère;
Il me crut peintre; un an j'ai nourri son erreur.
Peut-être aurais-je dû le rendre enfin meilleur,
Mais tel qu'il soit, enfin, je ne perds point cou-
rage,

Le bonheur de Melcour doit être mon ouvrage.
Frontin, sur tout ceci j'exige le secret ;
De plus, je te connais adroit comme discret,
Fais-moi connaître mieux....

FRONTIN.

Il suffit, notre belle.
Déjà, vous le voyez, j'ai le tact fin pour elle.

ÉMILIE.

Je voudrais de Melcour mieux juger le penchant ;
Remets-lui ce portrait.

(*Elle donne le portrait dans une lettre.*)

(*Finement.*)

Je n'y suis plus enfant.

FRONTIN.

J'entends.

ÉMILIE, *embarrassée et comme s'excusant.*

Qu'ai-je donc dit qui ne puisse s'entendre,
Frontin ?

FRONTIN.

Mais du moins....

ÉMILIE.

Ah ! l'on dut hier vous rendre
Des billets qu'à Melcour je faisais parvenir.

MELCOUR, *dans la coulisse.*

Frontin !

4*.

ÉMILIE.

C'est lui.

MELCOUR, *dans la coulisse.*

Frontin !

FRONTIN.

Oui, je l'entends venir.
Il va donc vous l'apprendre : un dépensier s'en
   pique;
Quand il a de l'argent, c'est nouvelle publique.

ÉMILIE.

Ah ! combien de me voir Melcour sera surpris !

SCÈNE II.

LES PRÉCÉDENTS, MELCOUR.

MELCOUR.

Où donc es-tu, Frontin ? Comment ! vous à Paris ?
Vous censeur de nos mœurs, sévère moraliste?
Mais je n'en reviens pas.

ÉMILIE.

Monsieur, je suis artiste;
Vous savez si Paris est le séjour des Arts.

MELCOUR.

Des Arts ! que dites-vous? Des plaisirs ! Mes
   regards

Y cherchent le bonheur bien plus que la science.
Aussi je suis heureux !

ÉMILIE.

Heureux ?

MELCOUR.

Plus qu'on ne pense.
Jugez-en. Je vis fort en jeune homme ; mes mœurs
Ne tendent point, je crois, à gâter nos erreurs ;
Je joue et perds et prête et donne et récompense ;
Frontin le sait. Eh bien ! qui solde ma dépense ?
Oui, de mes créanciers seulement huit ou dix
Tous les jours, me dit-on, visitent ce logis.
Le reste est satisfait par un ange, un Génie.

FRONTIN, *à part.*

Il la nomme assez bien.

MELCOUR.

Maître d'économie,
Toi qui toujours prétends qu'on va manquer
        d'argent,
J'ai déterré chez moi mille écus cependant
Que je n'avais pas mis.

FRONTIN.

Non, vous n'enterrez guère.

(*A Émilie.*)

J'avais mis les billets au fond d'un secrétaire
Pour les mieux conserver.

MELCOUR.

Je les ai bien comptés,
Et deux juifs sont venus qui les ont emportés.

FRONTIN.

A merveille ! Voilà mes épargnes damnées.
Allez, vous qui croyez vos dettes acquittées
Par un ange, un Génie, attendez-vous d'abord
A le voir se lasser d'adoucir votre sort,
Si vous êtes en pacte avec pareille race.

MELCOUR.

Tais-toi.

FRONTIN.

Vous en verriez si j'étais à sa place.

(*A Émilie.*)

Ce n'est pas le moment de donner le portrait,
A quelque juif encore il vous engagerait.

(*Il sort.*)

SCÈNE III.

LES PRÉCÉDENTS, *excepté Frontin.*

MELCOUR.

Le sot est mécontent que j'acquite mes dettes.

ÉMILIE.

Non, mais il est fâché que vous les ayez faites.

MELCOUR.

Fâché! belle raison! et moi je le suis bien.
Mais vit-on, dites-moi, sans qu'il en coûte rien?
Et vivre, est-ce encor là l'important de la vie?
Je vois, vous le saurez, très bonne compagnie.
Et puis, car il faut bien vous en faire l'aveu,
Ce cœur trop inconstant brûle enfin d'un vrai feu.
Je me marie.

ÉMILIE.

Hélas! je n'ai plus à cette heure
Qu'à vous souhaiter, moi, l'union la meilleure.
Vous aurez fait un choix mûr?

MELCOUR.

Non, point.

ÉMILIE.

Réfléchi?

MELCOUR.

J'ai réfléchi je crois ; je le devais aussi.
Les femmes à présent sous des dehors modestes
Cachent tant de défauts ! J'aime mieux qu'un peu
      lestes
Elles osent paraître au moins ce qu'elles sont ;
C'est un vice de moins sur tous ceux qu'elles ont.
D'un masque grimacier leur sauvant l'imposture
J'en prends une.... eh ! telle, oui, que les fait la
      nature,
Vive, franche, ingénue, ardente ; un art menteur
Ne l'arma point surtout d'une fausse pudeur,
Qui jette les hauts cris sur des choses d'usage
Dont on ne rougit plus.

ÉMILIE, *à part.*

          Malheureux ! quel langage !

MELCOUR.

Mais je parle d'hymen, je vois à mes discours
Vos regards attristés se détourner toujours.

ÉMILIE.

Vos discours en effet....

MELCOUR.

        Ah ! je lis dans votre âme

Vous fûtes bonne épouse, et regrettez, madame,
Un cœur....

ÉMILIE, *vivement.*

Un cœur! Melcour... Monsieur.

MELCOUR.

Du respect! Bon!
Dans votre bouche, allez, j'aime bien mieux
    mon nom.
Alors, si votre époux fut comme vous fidelle,
Le ciel rompit trop tôt une union si belle.

ÉMILIE.

Du mortel que je pleure, oui, le ciel en effet
M'a trop tôt séparée.

MELCOUR.

Eh bien, changeons d'objet,
Ne parlons plus d'hymen. Comment va la pein-
    ture?
Avez-vous depuis moi négligé sa culture?

ÉMILIE.

Et puis-je négliger ce charme de mes maux?
Quand vous m'avez manqué j'aimais plus mes
    pinceaux.

5

MELCOUR.

Ce travail doit nourrir votre mélancolie
Au contraire. J'ai vu rarement dans la vie
Les artistes gais ; mais vous pouvez au besoin
Retracer des plaisirs dont votre cœur et loin.

ÉMILIE.

Oui, telle est de tout art l'illusion bien chère ;
S'il coûte quelque biens, fleurs de notre carrière,
Il nous rend d'une main ce que l'autre nous
    prend.

MELCOUR.

A propos des plaisirs qué le pinceau vous rend,
Travaillez-vous toujours l'amusante gouache,
Sur ce jeune étourdi ?

ÉMILIE.

       Puisque j'ai pris la tâche
De tracer ses erreurs, finirais-je avant lui ?

MELCOUR.

Et vous en avez fait... combien jusqu'aujourd'hui
Depuis moi ?

ÉMILIE.

    Dix, monsieur.

MELCOUR.

Ainsi dix aventures
En dix jours. C'est un fonds pour les caricatures.
Ce jeune homme est à plaindre.

ÉMILIE.

Il ne le pense pas.

MELCOUR.

Je serais bien moins fou.

ÉMILIE, *à part.*

Comme il se juge, hélas!

MELCOUR.

Voyons donc vos travaux. Ce genre, moi, je l'aime.

ÉMILIE. *Elle s'approche d'une table où l'on
a placé son porte-feuille.*

Je vais tout vous montrer.

MELCOUR.

Il faudrait que lui-même,
L'original, se vît ainsi peint.

ÉMILIE.

Il s'est vu.

5.

MELCOUR.

Ah! tant mieux.

ÉMILIE.

Mais, hélas! ne s'est pas reconnu.

MELCOUR.

Ah! quel aveuglement! Voilà, voilà les hommes!

ÉMILIE, *lui donnant plusieurs dessins qu'elle
à tirés de son porte-feuille.*

Voyez.

MELCOUR.

Bon, montrez-moi, tandis que nous y sommes
L'esquisse où dans les champs vous le peignez
    encor;
Ce devait être là, je crois, son âge d'or.

(*Il examine ce dessin au lavis.*)

Aussi quel coloris! Cette fraîcheur m'enchante.
Il est là, disiez-vous.... ?

ÉMILIE.

Il est chez une tante.

MELCOUR, *à part.*

Comme chez la mienne, oui, je passai quelques
    jours.

ÉMILIE.

Et sa cousine est là.

MELCOUR.

C'est comme moi toujours.
Je me souviens de toi, mon aimable Émilie !

ÉMILIE.

Il s'en souvient, hélas !

MELCOUR.

On n'est pas plus jolie.
Put-il l'abandonner ?

(*Elle montre du doigt un endroit du dessin.*)

ÉMILIE.

Oui, voici leurs adieux.

MELCOUR.

Il était donc aimé, car je vois dans ces lieux
Tout prendre à son départ un dehors de tristesse.

ÉMILIE.

On l'avait élevée, on plaignait sa jeunesse.

MELCOUR.

Sa cousine, elle, pleure.

ÉMILIE, *émue.*
Oui.

MELCOUR.

Regrets superflus ;
L'ingrat part les yeux secs... moi je ne les ai plus !
Tenez, je m'attendris en voyant cette image.
Je me rappelle, hélas ! qu'à peu près au même âge
Je quittai ma cousine aussi, mais je l'aimais !
Ce souvenir souvent me cause des regrets.

ÉMILIE.

Qui sait si sa douleur ne fut pas plus cruelle ?
Vous l'aimiez ! Ah ! pourquoi ne pas voler vers
    elle ?

MELCOUR.

Pourquoi ? mais c'est qu'alors je ne regrette rien.
Le plus doux souvenir d'avoir fui mon lien
Jeune, comme un héros de femmes, de coquettes,
Qui fatigué d'intrigue évite leurs conquêtes ;
L'orgueil de commencer comme on finit ici,
Tant d'infidélités dont le cours l'a suivi,
Et qu'au monde annonçait ce vrai coup de génie,
Font succéder le rire à la mélancolie.

ÉMILIE, *à part.*

Que de légèreté !

MELCOUR, *regardant un autre dessin.*

Voilà votre héros

Arrivé dans Paris. Pauvres provinciaux,
On vous connaît de reste à ce nombreux cortège
De fripons complaisants dont l'amas vous assiège !
Oui, vous avez bien fait de mettre des fripons ;
C'est peint d'après nature.

SCÈNE IV.

LES PRÉCÉDENTS ; IRIS *donnant le bras à* SAINT-CLAIR, Mme DUPRET *donnant le bras à* DUCHATEAU.

SAINT-CLAIR.

Et bien ! quand nous venons
Tu nous fuis.

MELCOUR.

Au contraire, et ce soupçon m'accable ;
Fuir pour vous recevoir chez une femme aimable,
C'est vous prouver assez, je crois, qu'on vous
attend.

SAINT-CLAIR.

Il est galant.

DUCHATEAU.

Galant !

Mme DUPRET.

Très-galant.

IRIS.

Trop galant.

ÉMILIE.

Vous avez bien raison.

Mme DUPRET.

Madame est d'Abbeville,
Artiste, d'aujourd'hui venue en cette ville.
Je sais tout, moi, voyez; je loge dans l'hôtel,
On y trouve à parler, c'est là l'essentiel,
Et j'ai bien du plaisir à vous y voir.

ÉMILIE.

Madame....

IRIS.

(*Haut.*)   (*Bas.*)
Ainsi que moi. Déjà que je hais cette femme!

ÉMILIE.

Vous me faites honneur.

SAINT-CLAIR, *à Melcour.*

Ta femme est bien.

MELCOUR.

Vraiment.
Madame, mes amis parlent sincèrement.

C'est madame Dupret, femme honnête, à ressource ;

J'ai bien connu son ame, hélas ! quand de sa
bourse....

Mme DUPRET.

Ah ! Melcour, laissez donc.

MELCOUR.

Duchateau, plein d'esprit,
Qui de seize quartiers..... dis-tu ?

DUCHATEAU.

Seize à dix-huit.
La révolution..... N'afflige pas ma fille.

MELCOUR.

Enfin il est toujours d'une ancienne famille.
Iris, charmante.

IRIS.

Ah ! oui, des fadeurs ! Songez-vous
Combien nous sommes près de devenir époux ?

MELCOUR.

Et Saint-Clair, bon parent.

SAINT-CLAIR.

Nous plaidons.

ÉMILIE.

Ce me semble,
Vous n'en êtes pas moins, messieurs, fort bien
ensemble.

(*A part.*)
Trop peut-être.

SAINT-CLAIR.

Comment ! également amis,
Nos droits sont divisés, mais nos cœurs sont unis.
Touche là. C'est demain qu'on nous juge.

MELCOUR.

Que faire ?

SAINT-CLAIR.

Rien ; j'ai chez l'avocat recommandé l'affaire.
Tu le verras tantôt.

ÉMILIE , *ironiquement.*

Monsieur, pour un plaideur ,
Quelle noble conduite !

MELCOUR.

Il sert avec chaleur.

ÉMILIE , *à part.*

C'est un piège.

MELCOUR.

Mais quoi, ce modique héritage
Vaut-il ?....

SAINT-CLAIR , *montrant le dessin que tient*
Melcour.

Qu'as-tu donc là ?

EMILIE.

C'est, monsieur, mon ouvrage.

MELCOUR.

Oui, du neuf. Un nigaud épris de nos travers,
Que son pinceau malin poursuit dans ses revers.

SAINT-CLAIR.

Voyons.

MELCOUR.

Faites-leur voir.

ÉMILIE.

Tout ce qui peut vous plaire.

SAINT-CLAIR, *à Duchateau.*

Regardez ce que c'est. Melcour, laissons-les faire,
Écoute. Ce soir même, une fête, mon cher;
Elle sera charmante! On joue un jeu d'enfer.
C'est une guerre à mort entre mille fortunes,

Point de brave à demi, d'ames faibles, communes ;
Nous sommes vingt prêts à tomber sur le tapis
Ou l'enlever couvert de l'or des ennemis.

ÉMILIE. *Elle s'est placée derrière ceux à qui elle
montre les dessins, de sorte qu'elle paraît attentive à ce que dit et entend Melcour.*

J'entends.

DUCHATEAU, *aux dessins.*

Oui, ce monsieur paraît un peu facile.

MELCOUR.

L'affaire sera chaude.

SAINT-CLAIR.

Et tout exprès Sainville
Vend sa terre, et Linval a renvoyé Flora.
Aussi, c'est hausse au change et baisse à l'opéra ;
Les femmes sont à rien, l'argent seul a des char-
mes.
Tu viendras.

MELCOUR.

Puis-je, moi, n'être pas sous les armes ?
Mais je n'ai rien à vendre et point d'argent.

SCÈNE V.

LES PRÉCÉDENTS ; FRONTIN, *qui sur la fin de la scène s'est approché d'Émilie, à qui il parle bas.*

MELCOUR.

Eh bien !
Que fais-tu là Frontin? Dis, pour moi n'as-tu rien?

FRONTIN, *à part.*

Oh les juifs !

MELCOUR,

Eh bien , sors.

FRONTIN, *à Émilie qui lui a parlé bas.*

Il faut le lui remettre.
Que le ciel vous conserve.

MELCOUR , *à Frontin qui s'approche.*

Encor ?

FRONTIN.

C'est une lettre.

(Il sort.)

SCÈNE VI.

LES PRÉCÉDENTS, *excepté Frontin.*

DUCHATEAU, *prenant Saint-Clair à part, tandis que Mme Dupret, Iris, Émilie, regardent les dessins et que Melcour lit.*

Monsieur, méfions-nous de cette femme.

SAINT-CLAIR.

Eh! mais.

DUCHATEAU.

Melcour de ses dessins a fourni les sujets,
J'en suis sûr; et parmi des gens..là..d'une espèce..
Peu s'en faut que, ma foi, je ne vous reconnaisse.

SAINT-CLAIR, *à Duchateau.*

Respectez-moi, monsieur.

(*A Émilie qui s'approche de lui tandis qu'Iris est occupée à épier Melcour.*)

Ah ! nous louons tout bas
Votre talent. Que d'art elle joint aux appas !
Et que de traits hardis, dans un pur badinage !
Disons-nous. Mais aussi quel malheur, quel dommage ,
De n'en pouvoir saisir la fine allusion !

Et que de traits perdus en ignorant le nom!....

ÉMILIE, *avec chaleur.*

Ce nom est mon secret, le secret de mon âme.

SAINT-CLAIR.

Aussi, ne veux-je pas le pénétrer, madame.
(*A Melcour.*)
Et toi, nous caches-tu quelque secret aussi ?

IRIS, *le frappant sur l'épaule de son éventail.*

Mais on le dirait presque. Eh bien ?

MELCOUR, *embarrassé.*

Ah! vous voici !

SAINT-CLAIR.

Nous voici! mais pas mal, mon ami, je t'assure ;
Nons n'avons pas quitté la place.

IRIS.

Quelle injure !

MELCOUR, *regardant le portrait.*

Ma foi, cela me plaît.

IRIS.

Même il s'en applaudit.

MELCOUR, *relisant la lettre.*

On ne peut mieux, je crois, employer son esprit.

IRIS.

Encore ! Eh bien, voyons, montrez - nous cette
    lettre,
Ce portrait.

MELCOUR, *toujours à la lettre.*

Non, d'honneur !

IRIS, *emphatiquement.*

    Comment ! perfide, traître,
Pour avoir des secrets et des distractions,
Attendez pour le moins que nous nous unissions;
Et du premier amour ne troublez point la flamme,
    (A Mme Dupret.)
L'attrait, le sentiment.... Venez, venez, madame.
    (Elle sort avec l'air furieux.)

SAINT-CLAIR, *riant.*

Ah! ah! ah!

Mme DUPRET, *à Émilie.*

Sans adieu.

DUCHATEAU, *à Émilie.*

    Très-humble serviteur.
(A Melcour.)
Oui, c'est bien mal traiter une fille d'honneur.

(*A Saint-Clair.*)

Il faut si l'on m'en croit hâter ce mariage.

(*Il sort.*)

SCÈNE VII.

ÉMILIE, MELCOUR, SAINT-CLAIR.

ÉMILIE, *à part.*

Quel monde est donc ceci? quel indécent langage!
Je n'oserais jamais parler ainsi d'amour.
Dieu! le tromperait-on? Heureusement Melcour
Semble tout oublier pour me voir et me lire.

SAINT-CLAIR.

Eh bien! reviendras-tu de ce trait de satire?

MELCOUR, *comme sortant d'une longue distraction.*

Quoi?

SAINT-CLAIR.

Quoi! c'est bien le mot.

MELCOUR.

Mais où donc est Iris?

SAINT-CLAIR.

Elle sort, et je crois, tu dois l'avoir compris.

5*

MELCOUR.

Quel caprice !

SAINT-CLAIR.

Oh.... mais non, c'est qu'aussi tu la traites !....

MELCOUR.

Comment ! je n'ai rien dit. Pourtant tu m'in-
    quiètes ,
J'étais tout occupé de ce charmant envoi,
J'aurais pu me livrer à ma joie. Et tiens, voi
S'il la mérite ; mais pour l'amour , je pense
Qu'un éloge égaré souvent est une offense.
Ah ! l'amitié du moins ne le blâmera pas !
Madame ma cousine encor m'écrit ; hélas !
A sa lettre (en n'en vit jamais de plus jolie !)
Elle a joint son portrait. Comme elle est embellie !
Dans ce double présent, j'ignore en vérité
Qui me charme de plus , l'esprit ou la beauté.

ÉMILIE.

(*A part.*)   (*Haut.*)
Je respire ! Il faudrait l'aller revoir peut-être.

SAINT-CLAIR , *rendant le portrait.*

Tiens ; beauté de province.

MELCOUR.

(*A Émilie.*) (*A Saint-Clair.*)

Oh! voyez. Et sa lettre!
De la lire vraiment il te ferait plaisir.
Souvent de ma raison elle me fait rougir :
C'est mon tuteur, à moi, que ma jeune pupille.
Comme sa mère, hélas! elle veut m'être utile,
Me redit ses conseils, quelquefois peu suivis.
Oh! j'en profiterai. Viens consoler Iris.

(*A Émilie, qui regarde le portrait.*)

Vous avez de ses traits.

ÉMILIE, *embarassée.*

Trouvez-vous?

MELCOUR, *avec plus d'attention.*

Mais, madame....

ÉMILIE.

Je puis lui ressembler, mais du côté de l'âme ;
Vos vrais amis, Melcour, voudraient votre bon-
heur.
Vous devriez un peu les en croire.

SAINT-CLAIR, *à part.*

D'honneur!

MELCOUR, *reprenant le portrait.*

Donnez, il m'est bien cher. Allons, viens-tu?

5*.

SAINT-CLAIR.

Non, reste.

MELCOUR, *regardant Émilie.*

Mais ici nous gênons.

ÉMILIE.

Oh ! point, je vous l'atteste;
A mes affaires, moi, je suis également.
Restez.   (*A part.*)
        A tant d'écueils c'est sauver un moment.
(*Elle se met en train de ranger ses dessins, trouve
    un livre sur la table, s'assied et lit.*)

SAINT-CLAIR.

Écoute. J'aperçois qu'à ta belle plaintive
Tu brûles de porter une excuse craintive.
Pauvre garçon ! combien tu sens ton Céladon !
Fais mieux; en conquérant demande ton pardon.
En s'éloignant Iris déclare guerre ouverte;
De plus chez la Dupret, je gage, elle déserte;
C'est te braver morbleu dans ton camp. Venge-toi
Et fais-la prisonnière, enlève.

MELCOUR.

Bien, ma foi.

On voit, mon cher cousin, que tu fus militaire.
Tu trouves des moyens.... Pourtant je crains le
    père.

SAINT-CLAIR.

Oh bon ! puissance faible. Il voudra guerroyer ;
Mais à nous, tu le sens, appartient le laurier,
La victoire. A la fin il capitule en sage.
Et toi, de nos traités contrariant l'usage,
Tu gardes son Iris s'il offre une rançon,
Et s'il n'en donne point tu la rends sans façon.
Accepte seulement, le reste est mon affaire.

MELCOUR.

Mais je trouve charmant d'avoir ma prisonnière.
J'accepte.

SAINT-CLAIR.

(A part.)

Allons, tant mieux. A présent plein succès,
Voilà pour l'amuser tout le temps du procès.

SCÈNE VIII.

LES PRÉCÉDENDS, LOYAL, procureur.

LOYAL, *des papiers à la main.*

Monsieur Melcour?

MELCOUR.

C'est moi.

LOYAL.

Ma surprise est extrême.

MELCOUR.

Pourquoi vous étonner qu'enfin je sois moi-même?

LOYAL.

Je ne m'étonne point que vous soyez Melcour;

Rarement sans vous voir, je crois, je passe un
jour,

Je vous connais fort bien; mais, à ne vous rien
taire,

Naïf Loyal, le nom ne fait rien à l'affaire,

De s'employer pour vous si souvent, trop heureux,

S'imagine toujours qu'enfin vous serez deux.

MELCOUR.

Que faut-il?

LOYAL. *Il met ses lunettes.*

Laissez-moi consulter mes lunettes.

(Il lit.)

« Mémoire des dépens, frais, intérêts honnêtes,

« Dus par monsieur Melcour, le tout, pour l'entretien

« De dite demoiselle Émilie. »

ÉMILIE, *qui a paru attentive depuis l'entrée du nouveau personnage.*

Ah ! fort bien.

MELCOUR.

Je me serais passé de cette autre nouvelle.
J'en reçois. Que faisais-je aussi d'une tutelle ?

LOYAL.

« Pour prix de pension, frais courants, mille écus. »

ÉMILIE, *qui s'est un peu rapprochée, à part.*

Mais depuis dix-huit mois à Caen je ne suis plus,
Et dus mon entretien aux secours d'une amie.

LOYAL.

« Cinq cents livres pour frais et coûts de maladie. »

ÉMILIE, *à part.*

Ah ah ! je fus malade.

MELCOUR.

Eh mais, en vérité,
Ma cousine toujours me loua sa santé.

LOYAL.

« Pour rechute d'icelle et sa convalescence. »

MELCOUR.

Ah ! retomber encor ! c'est une impertinence.

LOYAL.

« Cinq cents francs. » Plaignez-vous, monsieur,
     au médecin.
Mais bientôt la malade est rétablie en plein.
«Quinze cents francs pour bals et sottises pareilles.
« Ladite demoiselle au bal fait des merveilles. »

ÉMILIE, *à part.*

Je l'ignorais.

MELCOUR, *à Loyal.*

Passons et venons au total.
(*A part.*)
Ah ! cousine, j'apprends que vous allez au bal.
Oh ! je vous renverrai, parbleu, votre morale.

LOYAL, *qui a tourné plusieurs feuillets.*

Jusqu'à six mille francs va la somme totale.
Pour la faire acquitter, monsieur, honnêtement
Le mémoire me vient d'un procureur normand.

MELCOUR.

Recommandation doublement respectable.
Mais je n'ai point d'argent.

LOYAL.

Le mal est réparable,
Un billet au porteur est également bon.

MELCOUR.

J'ai du papier. Venez.

ÉMILIE.

Non. Dans l'occasion,
Moi, je vous défendrais.... je défends votre amie.
Pourquoi tant vous presser? Quand on la calomnie,
Le soin de son honneur, car qui sait à ses yeux
Ce qu'une telle tâche, hélas! a d'odieux,
Ne mérite-t-il pas qu'elle-même on l'entende,
Avant de vous prêter à ce qu'on vous demande?
Qui mieux que ses regrets vous parle pour ses
     mœurs?

LOYAL.

On peut aveuglément croire deux procureurs.

MELCOUR.

Monsieur Loyal, d'accord, vous êtes très-hon-
     nête,
On ne peut plus sans doute, et pourtant cette
     dette
Ne s'acquittera pas sans un ordre précis.
Oh! l'excellente idée.

LOYAL, *à part.*

Il se gâte à Paris.

6

Monsieur, je reviendrai. (*Il sort donnant des*
signes de mécontentement.)

SCÈNE IX.

LES PRÉCÉDENTS , *excepté Loyal.*

ÉMILIE. *Elle retourne à ses occupations.*

Je suis enfin tranquille.

MELCOUR.

Non, ce n'est point à tort qu'on dit le sexe habile.
Voisine , vous donnez de bons conseils.

ÉMILIE.

Moi !

MELCOUR.

Vous.

ÉMILIE.

Oh ! point ; je ne saurais me piquer entre nous ,
Moi , que de prévenir souvent votre prudence.

MELCOUR.

Oui , j'ai certainement beaucoup d'expérience.

SAINT-CLAIR , *qui a paru distrait.*

Sortons.

MELCOUR.

Tu m'interromps mon éloge.

SAINT-CLAIR.

Imprudent !

Songe donc que ce soir....

MELCOUR.

J'y songe..... et point d'argent !
Il en faut. Oh ! j'en vais trouver, à force usure,
Et toi faire enlever Iris. Quelle aventure !
Ma voisine, au revoir. (*Ils sortent tous les deux.*)

SCÈNE X.

ÉMILIE. *Pendant toute cette scène elle arrange
des papiers, des dessins et s'interrompt par
intervalle.*

ÉMILIE.

Il est déjà bien loin !
Ce Melcour, d'une amie il a vraiment besoin.
Oui, des dangers qu'il court je viens de voir l'image.
Allons, je m'applaudis d'avoir fait ce voyage,
Je me méfie un peu de son cousin Saint-Clair,
Je le connaîtrai mieux; peut-être qu'à son air
J'ai trop tôt condamné, moi, celle qu'il épouse,
J'étudîrai son cœur sans en être jalouse.

6.

Si tous deux le trompaient... O Melcour ! je le croi,
Tu n'es pas endurci, tu reviendrais vers moi.
Mais voilà mes pinceaux, ma toile rétablie ;
L'artiste doit encor lui cacher Émilie.

FIN DU PREMIER ACTE.

LES AMANTS

PAR PROCURATION,

COMÉDIE

EN UN ACTE, EN VERS LIBRES.

PERSONNAGES.

DUVAL.

Mme FONROSE.

EMMA , suivante de Mme Fonrose, passant
pour sa maîtresse.

JAME , domestique de Duval , passant pour
son maître.

LA SCÈNE EST A PASSY.

LES AMANTS

PAR PROCURATION.

SCÈNE PREMIÈRE.

JAME, *riant.*

Ah! ah! ah! ah! ah! ah! On me fait la conduite;
Quatre ou cinq grands valets étaient à ma pour-
      suite,
Et je n'ai pu passer avec mon air hautain,
Sans les voir de respect me barrer le chemin.
Heureusement j'ai pris dans la chambre pro-
      chaine,
Évitant des saluts la bordée inhumaine,
Et j'ai couvert du moins, par le bruit de mes pas,
Mes ris mal étouffés qui sortaient par éclats.
Ah! ah! ah! ah! rions maintenant sans contrainte,

Et félicitons-nous du succès de ma feinte.
Valet fourbe et rusé d'un maître grand seigneur,
Qui pourtant dans l'intrigue est mon inférieur ,
  Il faut que je guide son âme
  Dans le choix qu'il fait d'une femme.
  Pour cela j'endosse son nom,
Ses titres, ses habits, l'éclat de ses richesses,
Et je deviens amant par procuration.
  Dispensateur de ses tendresses,
  J'arrive dans cette maison ;
La maîtresse m'accueille avec distinction ;
Je la trouve jolie, aimable, point coquette,
  Et je crois même sans danger,
A mon maître pouvoir aussitôt l'engager.
Je lui parle d'amour et lui conte fleurette;
Une femme à ce jeu laisse toujours son cœur;
  Coup sur coup guerrier et vainqueur
  En huit jours je fais sa conquête,
Et Jame, parvenu comme font bien des gens,
A des habits d'emprunt doit ses progrès
  brillants.
Oui, mais enfin que sert cette métamorphose?
Il m'en faudra bientôt rendre les intérêts.
Quand je me constitue en d'inutiles frais,

Mon maître peut venir, entre nous c'est la clause,
    Réclamer madame Fonrose.
Eh bien! laissons le temps amener dans son cours
Le terme inopiné fixé pour nos amours :
    On estime la jouissance
Bien moins par sa longueur que par sa violence.
Mais on vient.... Ah ! c'est elle ! Affectons l'air
    altier.
Du front! c'est le sauveur des gens de mon métier.

SCÈNE II.

EMMA, JAME.

JAME.

    Madame, eh quoi! déjà levée ?
De bonne heure aujourd'hui vous ouvrez la
    journée.
Aux portes de Paris, qu'il est charmant de voir,
    Dans un agréable manoir,
Que la nature encore a des lois qu'on observe !
Il est donc un refuge où le goût se conserve !
    Je vous en fais mon compliment,
Puisque chez vous, madame, il s'est mis en
    réserve.

EMMA.

Mettez-y moins d'empressement.
Nous avons à fournir une carrière immense;
Redoutons avant d'être époux
D'en épuiser la complaisance.

JAME.

Sans doute cette circonstance
N'est pas à redouter pour nous.

EMMA.

Non, de fidélité vous seriez plus jaloux.
Mais la réflexion me rend ici distraite;
Je venais, cher Duval, pour vous donner avis
Qu'une amie aujourd'hui m'arrive de Paris,
Et qu'à la revoir je m'apprête.

JAME.

L'importune! il faudra ne pas la recevoir.
On ne nous laisse pas le moment de nous voir.

EMMA.

Non, je refuse à faire un affront à ma porte,
Et je ne traite ici personne de la sorte.
L'indifférence autant que la civilité,
Fait incliner mon goût vers le meilleur côté :

Refuser un ami qui s'offre en ma présence,
    C'est y mettre trop d'importance.
Je reçois sans paraître, et chez moi, sans façon,
On se fait les honneurs de ma propre maison.

JAME.

Je m'en doutais ; nos goûts en tout point sont de
    même.
J'ai sur les importuns un semblable système.
Dans le plus grand hôtel du Marais, mon
    quartier,
Je reçois sur ce ton. *(A part.)* Oui quand je suis
    portier.
    (Sortant comme d'une distraction.)
Hem ! Ne frappe-t-on pas ?

EMMA.

Non.

JAME.

C'est donc un vertige.

EMMA, *riant.*

Ah ! ah !

JAME.

J'y suis sujet, d'honneur ;
Cette incommodité souvent me désoblige.

EMMA, *riant.*

Qui peut causer cette vapeur ?

JAME, *à part.*

Songeons à réparer l'erreur.....

(Haut.)

Un rien. Je rougis de le dire ;
Mais ce pénible aveu peut du moins vous ins-
    truire,
    Que tout homme de qualité
Paie aussi les tributs dus à l'humanité.
Voici comment : fidèle au soin de ma toilette,
Chez moi tous les matins un valet vient passer.
    D'abord à ma porte il s'arrête,
Et par trois petits coups a soin de s'annoncer.
Voyez sur notre esprit ce que peut la coutume !
Au moment du signal fussé-je même absent,
    J'entends comme sur une enclume,
Trois grands coups de marteau me frapper le
    tympan.
Ce bruit, au lieu de faire évanouir mon songe,
Par un contraire effet plus avant m'y replonge.
Je crois qu'on me ravit cet habit négligé ;
    Il me semble même l'entendre,

Par son poids entraîné, jusqu'à mes pieds des-
 cendre.

D'un frais intermittent mon corps est soulagé.

Un doux vent, imprégné de l'essence de l'ambre,

Traverse en tourbillon l'espace de ma chambre,

 Et je crois sentir mes cheveux

S'imbiber à longs traits de parfums précieux.

Ici je me réveille; et rempli de surprise,

Profitant de l'avis que ce rêve déguise,

Aux regards des témoins je m'éclipse un moment,

Pour m'y représenter un peu plus décemment.

       (*Il sort.*)

SCÈNE III.

EMMA, *seule.*

Quel heureux tour d'esprit brille dans ses ma-
 nières !

 Qu'il est aimable et séduisant !

Jusqu'aux récits qu'il fait des choses ordinaires,

Il sait tout embellir d'un vernis amusant.

Il est certaines gens dont le sort intéresse,

Qu'on voudrait épargner même alors qu'on les
 blesse.

Ce bon monsieur Duval leur est fort ressemblant,

Et je le fais ma dupe à mon corps défendant.

Il ne se doute pas que le nom de Fonrose

N'est qu'un masque emprunté qui me métamorphose.

Mon amour, un vain jeu duquel je me défends,

Et mes tendres discours autant de faux serments

Dont je luis fais l'avance au nom d'une maîtresse,

A qui je dois tantôt l'unir par mon adresse.

Sécurité parfaite, accrois sa douce erreur!

Abuse autant ses yeux que j'abusai son cœur!

      Aujourd'hui ma maîtresse arrive;

Elle vient épouser l'amant que je captive;

Fais, ainsi que ma bouche a su l'en prévenir,

Qu'il croie en la voyant ne voir que mon amie!

      Et s'il devait se repentir,

Qu'il connaisse trop tard à qui je le marie,

Pour détourner l'effet de ma supercherie!

SCÈNE IV.

EMMA, JAME *rentrant sous un nouveau costume.*

JAME,

Hem! madame, avouez que je ne suis pas long

      A vêtir des pieds à la tête,

      Et que du moins pour la toilette

J'ai le coup de main assez prompt.

EMMA.

Il faut rendre justice à votre diligence.

JAME.

Dites plutôt, madame, à mon impatience
De vous revoir, ailleurs me vois-je retenu.
Mais, enfin, me voilà près de vous revenu.
(Il présente son mouchoir à Emma.)
Prenez donc un fumet de ma meilleure essence ;
On croit en la flairant pâmer de jouissance.
Je suis vraiment fou des odeurs.
Moi seul, je pensionne au moins dix parfumeurs.

EMMA.

Il vous ont bien chargé d'une essence complète
Propre à me rendre mes vapeurs.

JAME.

Ah ! c'est ainsi qu'elle est parfaite.
Il faut qu'elle donne au cerveau ;
Qu'elle y porte un délire, un trouble tout nou-
veau ;
Alors l'amant saisi d'une pointe d'ivresse,
Devient plus exigeant auprès de sa maîtresse ;
Par un philtre si doux, son désir excité

Ose atteindre et chercher l'aimable volupté.
S'il est hardi, fougeux, plein de prérogatives,
Il se fait distinguer par des attaques vives.
S'il est jeune, timide et tout récent encor,
Il fait à son amante un suppliant effort,
L'enlace de ses bras, s'approche de sa bouche,
Et sa lèvre indécise, au moment qu'elle y touche,
Frémissant de ravir un scrupuleux baiser,
Semble encor demander le droit de s'y poser.
Je suis l'amant et vous l'amante que l'on prie.

EMMA.

Ah! qui pourrait vous refuser?

JAME, *à part, après avoir embrassé Emma.*

Ainsi mon maître aura la rose épanouie,
Car je fais mon devoir de la souffler souvent.

EMMA, *à part.*

Ma maîtresse ne peut blâmer ma tricherie,
De la commission c'est le droit seulement.

JAME.

Ah madame! avant tout, j'oubliais de vous dire...
Voyez comme le cœur nous égare aisément,
Et que la flamme qu'il fait luire
Obscurcit la mémoire et le raisonnement,

En jetant tout à l'heure un regard dans la rue,
  J'ai découvert dans l'avenue,
Un carrosse; il allait à tout rompre, et le vent
N'aurait pas eu d'haleine à lui passer devant
  Si c'était l'importune amie
Qui vient de nos penchants troubler la sympathie.

   EMMA, *à part.*

C'est ma maîtresse ; allons, essayons de sortir.

    JAME.

J'enrage.

    EMMA.

 Et pourquoi donc?

    JAME.

      Les gens de compagnie
Sont des trouble-maisons qu'il faut anéantir.
Ils mangent par lambeaux l'espace de la vie,
Et ne vous laissent pas le moment de jouir.

    EMMA.

Je pense comme vous sans que j'en fasse montre,
Et tout en m'en plaignant je vole à leur rencontre.

    (*Elle sort.*)

      6*

SCÈNE V.

JAME, *seul.*

Ouf! ouf! je crève de dépit.
Dans tous ses intérêts elle me contredit.
Eh bien! va, va, friponne, où la rage t'emporte,
A tous les désœuvrés offre accès à ta porte;
Dissipe en vains propos un temps cher à tous deux;
Perds en frivolités le moment d'être heureux.
Je t'ouvrais à l'hymen une route fleurie;
Je voulais, puisqu'enfin la fortune ennemie
Te destine à ramper sous les lois d'un époux,
Te faire au moins sentir l'amour : car, entre nous,
Rarement dans l'hymen on en conçoit l'idée,
Si quelque temps d'avance on ne l'a possédée;
Mais non, va, va, fuis-moi. Tous les moments
    perdus,
En pleurs, en repentir me seront bien rendus.
Je t'allie à quelqu'un de ces maris fantasques,
Qui vengent les amants rien que par leurs bou-
    rasques,
Qui, par leurs duretés et souvent par leurs coups,
Refoulent nos regrets vers des êtres plus doux.
Il vient incessamment... Hélas! trop tôt peut-être;

Je me suis bien pressé d'en écrire à mon maître.

> (*En se promenant sur la scène, il regarde*
> *par la fenêtre.*)

Ah! le carrosse est dans la cour.

Une femme en descend... Elle est bien de tournure!

Un homme veut la suivre.... Il a l'air gauche et
lourd ,

> Et retombe dans la voiture.

Il se ravise.... Il sort.... Dieux! c'est monsieur
Duval.

O funeste arrivée! O contre-temps fatal!

> Autour de moi tout se dérange ;

Je reprends la livrée et rentre dans la fange.

Adieu, belle Fonrose! attraits, charmes, appas,

Baisers, tributs d'amour, et surtout bons repas...

Je vous perds. Cependant, foi de valet sincère,

> Il valait mieux en pareil cas ,

Être l'usufruitier que le propriétaire.

> (*Il sort d'un côté ; Madame Fonrose et*
> *Emma entrent de l'autre.*)

6*.

SCÈNE VI.

Mme FONROSE, EMMA.

Mme FONROSE.

Oui, la folie est grande.... On en pourra gloser.
  Quitter Paris pour épouser !
On va s'imaginer que je fuis la cohue,
Le monde, le fracas, afin d'être moins vue.
C'est là ma crainte, Emma.

EMMA.

    Quelle appréhension !
On épouse où l'on veut suivant l'occasion ;
  Et le pays où l'on contracte
N'ajoute pas, je crois, plus de valeur à l'acte.

Mme FONROSE.

Que dira-t-on encor de l'étrange façon
D'enchaîner un mari par procuration ?
Sans l'avoir jamais vu, sans non plus le connaître,
M'en reposant sur toi des soins de l'union ;
  Devant lui ne voulant paraître
Qu'au moment de donner ma promesse et mon
nom.

EMMA.

On dira, je crois, qu'elle est neuve et commode ;
Mais elle n'aura pas les honneurs de la mode.
Vous aurez contre vous la voix des jeunes cœurs :
En matière d'amour, on aime les longueurs ;
Et l'on regardera comme une duperie
L'art de se marier par cette brusquerie.

Mme FONROSE.

Oui, dans cet âge heureux, fait pour l'enchante-
   ment,
Où l'on suit par instinct les lois du sentiment,
Où sous les vagues noms d'intérêt, de tendresse,
On déguise à soi-même un moment de faiblesse,
Choisissant dans un sexe accablé de rebuts,
Un objet préféré que l'on aime un peu plus.
      Mais si je perds la confiance
      De la sensible adolescence,
Des gens d'un âge mûr j'aurai l'assentiment ;
Mon système auprès d'eux gagnera sûrement.
Là, maints amis de l'aise et de l'indifférence,
Prêcheront par l'exemple.. Oui, bientôt je le pense,
On cessera de voir, en une longue cour,
Des amants surannés filer le doux amour :
L'hymen ne sera plus qu'un traité nécessaire,

Ouvert par deux agents, fini par un notaire.
Mais pour en revenir à mon particulier,
Que fait notre futur en ce cas singulier ?

EMMA.

D'espérance il nourrit sa flamme,
Et croit qu'au premier jour je deviendrai sa femme.

Mme FONROSE, *regardant attentivement Emma.*

Et tu n'es pas fâchée, Emma, de son erreur?
Pour toi sa passion la transforme en douceur.
Il t'en revient un tendre hommage,
Qui ne déplaît jamais aux filles de ton âge.

EMMA, *embarrassée.*

Ah ! madame.....

Mme FONROSE.

Non, non, Emma, ne prends pas soin
De cacher ta rougeur; il n'en est pas besoin.
Je n'aurai pas de jalousie;
Et même s'il se fait que d'erreur revenu
Mon époux dans tes fers reste encore retenu
Je l'encouragerai, suivant sa fantaisie,
A te payer des soins par qui tu m'as servie.
Et quelle est sa tournure?.. A-t-il l'air bien ou mal?

EMMA.

Chacun, suivant son goût. Au mien, monsieur
  Duval
      Réunit beaucoup d'avantages.
Il est aimable, gai, bien fait, entre deux âges.
      Cependant, malgré ce qu'il vaut,
Sur mille qualités je lui trouve un défaut.
Il a la ridicule et l'étrange manie
D'outrer la politesse et la cérémonie.
S'il fait un compliment l'emphase le remplit,
Et c'est un long discours dont le flux étourdit;
S'il salue, humblement en terre il s'humilie
Et par vingt soubresauts son dos s'élève et plie,
Jusqu'à ce qu'il vous ait, d'un coup précipité,
Enfoncé l'estomac ou jeté de côté.

Mme FONROSE.

A ce trait j'imagine un rustre sans manière,
Qui supplée au bon ton d'une façon grossière;
Qui, dépouvu de monde et d'éducation,
Recourt pour s'étoffer à son invention.
Cependant, au tableau que tu viens de me faire,
Je ne reconnais point monsieur Duval; naguère
      J'en ouïs parler à Paris,
Où l'on me le peignait d'un autre coloris.

On couvrait de brocards sa physionomie ;
On criblait son esprit de gros grains de folie,
Le taxant d'insensé, de vieux original,
Qui même avait le tort d'être peu social.
     Mais on vantait fort sa naissance,
      Ses grands biens et son opulence.
Méprisant l'intrinsèque on lui laissait le sort
De ces mauvais tableaux riches par la dorure,
Qui sont à rechercher pour la seule bordure.
Ce Duval et le tien ont très peu de rapport,
Mais l'un vaut l'autre au fond, je ne perds rien
    au change.
     Du premier venu je m'arrange.
Trop heureuse d'avoir un mari sot et fat :
Il ne faut pas qu'on soit plus haut que son état.
Je le mettrai chez nous au timon des affaires ;
Sa lourdeur saisira ces épaisses matières ;
Et si la pesanteur de son gros jugement
Menaçait d'entraîner le massif élément,
Je mets pour contre-poids mes châteaux et mes
    terres ;
Il les fera valoir..... Je voudrais seulement
     Que par un effort d'aptitude,
Tu brusquasses l'hymen. J'aime la promptitude ;
Demain je brûlerai de rentrer à Paris.

EMMA.

Vos vœux pourront être accomplis.
Ce Monsieur avec vous venu dans la voiture,
Est-ce un notaire?

Mme FONROSE.

Non ; ou pour être plus sûre
Je réponds si tu veux que cela se peut bien.
Sur son compte je ne sais rien;
Si non que, par un prompt caprice,
Le voyant fournir seul la route de Passy,
J'ai pour lui d'une place aussitôt fait l'office.
J'ai même le projet de l'arrêter ici
Tout le reste du jour. Mais déjà le voici.
Pour me laisser plus libre à le capter d'adresse,
Feignons de ce logis que tu sois la maîtresse ;
Deux étrangers toujours sont prompts à se lier.

SCÈNE VII.

EMMA, Mme FONROSE, DUVAL.

DUVAL.

Madame, je venais pour vous remercier,
Prendre congé de vous.

7

Mme FONROSE.

Comment de si bonne heure
Vous quitteriez cette demeure ?
Monsieur, je ne suis pas chez moi,
Mais mon intimité me donne ici le droit
De vous y présenter asile.

EMMA, *avec affectation.*

Monsieur, dans ma retraite isolée et tranquille
Un hôte comme vous s'offre assez rarement;
Acceptez sans façon.

DUVAL.

Vous me voyez confondre.
En usant de vos soins je voudrais y répondre ;
Mais j'ai pris pour ailleurs un autre engagement.
Je me retire.

Mme FONROSE.

Allons un fauteuil; monsieur reste.

DUVAL, *voulant empêcher Emma d'approcher un
siége.*

Non, non.

Mme FONROSE , *insistant avec hauteur.*

Asseyez-vous.

DUVAL, *à part.*

Elle a le ton fort leste.

Mᵐᵉ FONROSE, *à Emma.*

Il se débat en vain.

DUVAL, *à part.*

Je vais me retarder.
N'importe, honnêtement, enfin il faut céder.

(Il s'assied, Emma sort.)

SCÈNE VIII.

Mᵐᵉ FONROSE, DUVAL.

(Tous deux assis.)

Mᵐᵉ FONROSE.

Si je ne suis point indiscrète,
A Passy quelle affaire aujourd'hui vous arrête ?
Les curieux en foule y viennent voir les eaux
Dont la salubrité calme et tarit les maux.
Parfois l'homme de compagnie,
D'une société choisie,
Vient partager les jeux, la gaîté, le repos.

7.

DUVAL.

Je pourrais éluder, madame, ces propos,
Mais mon cœur franc, ouvert, qui jamais ne
        déguise ,
        Va vous répondre avec franchise.
Je m'y marie.

Mme FONROSE.

        Encor cette autre question :
De votre épouse ici quel est au moins le nom ?

DUVAL.

Il ne m'est pas connu, non plus que sa personne.

Mme FONROSE.

Épouser sans connaître ! Ah, Ah, cela m'étonne!

DUVAL.

C'est cependant ainsi qu'on fait journellement,
        Sans en être surpris.

Mme FONROSE.

        Comment ?

DUVAL.

Eh ! le moment d'épreuve est assez d'ordinaire,
Pour deux êtres nouveaux , trop court, trop
        éphémère ;

Ils n'ont jamais le temps de bien s'approfondir,
Et concourent, l'un l'autre, à qui mieux s'étourdir.
Pendant cet examen, imparfait et rapide,
    La femme, être adroit et perfide,
De ruse, de finesse, inexplicable nœud,
Cache subtilement le faible de son jeu ;
Déguise ses défauts.... se revêt d'une écorce....
L'homme se laisse prendre à sa trompeuse amorce.
Soupire, tend les bras.... parle à genoux d'hymen;
La loi met dans la sienne une éternelle main....
Alors on reconnaît qu'on a joint les contraires ;
Que les nœuds assortis sont au rang des chimères;
Et que sans se connaître on peut se marier.

    Mme FONROSE, *ironiquement.*

Je n'entreprendrai pas de vous contrarier,
Et même j'avoûrai qu'après ce persiflage,
Où vous peignez mon sexe avec tant d'avantage,
    Je commence à mieux concevoir
Qu'il est expédient d'épouser sans se voir.
Au moins ce stratagème à deux amans propice,
Pour quelque temps, de l'un, cache à l'autre le
    vice.
Mais vous marier ! vous, qui connaissez si bien
Qu'on ne peut espérer de faire un bon lien.

Mes voisins ne sont pas moins malheureux que
    moi !

Mais qui connaît bien l'homme et sa noble nature,
Ne lui peut de la femme appliquer la mesure.
Autant l'une en ses traits a d'uniformité,
Autant l'autre est piquant par sa variété.
Des préjugés d'usage affranchi dès l'enfance,
Il suit de ses penchants la libre indépendance,
Et jeté par essor loin des chemins battus,
Se crée un nouveau rang, de nouvelles vertus.
La dame en question n'est donc pas fort prudente
De s'en fier au sort dans le choix qu'elle tente;
Car si l'homme inégal a tant de traits divers,
Elle peut au début attraper ses travers.
L'essai n'est pas flatteur.

Mme FONROSE, à part.

Cet homme me démonte !

DUVAL.

Mais un premier dégoût aisément se surmonte.

Mme FONROSE, se levant avec impatience.

Eh bien! monsieur, d'accord; oui l'homme a des
    vertus;
Mais avouez encor que la femme en a plus.

DUVAL.

Non. Mais que d'art chez elle en déguise la grâce !
Que de mensonge est à leur place !

Mme FONROSE.

Quoi ! jamais votre œil humecté
N'honora, par des pleurs, sa sensibilité ?

DUVAL.

Moi, je ne pleure pas, voyant la comédie !
Cet art de s'affecter n'est que minauderie,
Un mécanique jeu puisé dans les romans,
Où gît plus d'appareil que de vrais sentiments.
Telle pleure un carlin, soustrait à son caprice,
Qui mit hier de sang-froid son enfant en nourrice !

Mme FONROSE.

Au moins rendez hommage à la tendre pudeur,
Cet apanage de la femme,
Qu'il n'est pas de moment que son front ne pro-
clame.

DUVAL.

Trop de fard s'interpose entre nous et son cœur !
Tout ce que je puis dire en respectant l'honneur,
Comme aussi sans blesser la femme,
C'est que j'admire la pudeur.

Mme FONROSE.

Que direz-vous encor de cette force d'ame,
        Qui la rend sourde aux passions ?
Qui ravissant un sexe à leurs séductions,
Aux maximes d'honneur, l'enchaînant avec gloire,
Honore également sa chute et sa victoire.

DUVAL.

Vous-même, dites-moi, voyant ses actions,
S'il sait, madame, aussi vaincre ses passions.

Mme FONROSE.

Quand je vous le dirais, vous nîriez l'évidence.
        Je vois que votre entêtement
Est moins conviction que pur ressentiment,
Qui vous porte à blâmer, par jalouse vengeance,
Un sexe dont les dons passent votre puissance.
Mais de force ou de gré j'aurai l'assentiment
Que vous me refusez.

DUVAL.

                Voyons donc.

Mme FONROSE.

                        Un moment !
Vous n'êtes pas encore assez bien en défense.
Soyez sur le qui vive? armez-vous fortement

Pour repousser l'attaque.... et vigoureusement,
De crainte que par quelque ruse
Je n'obtienne subtilement
Le suffrage enchanteur que votre esprit refuse.
Tenez-vous bien ?

DUVAL.

Oh, bien ! Voyons donc votre ruse ?

Mme FONROSE.

Vous n'appréhendez nullement
Qu'on vous ravisse au sexe un applaudissement ?
L'intention suffit, je pense.
Moi, je cède, et vous prouve irrésistiblement
Qu'une femme du moins a de la complaisance.

(*Elle sort.*)

DUVAL.

Oui, quand de se défendre elle sent l'impuissance.

SCÈNE IX.

DUVAL, *seul, qui ne s'est d'abord pas aperçu du
départ de M*me *Fonrose.*

Mais que vois-je ?.... Madame.... Holà !
Je ne m'attendais pas à cet argument-là.

DUVAL.

Tout m'en fait un devoir, la nature, mon âge,
Et la société qui veut ce dernier gage
   Du dévoûment des citoyens.
D'ailleurs l'homme atteignant aux bornes de la vie,
   S'il survécut à tous les siens,
Pour lui fermer les yeux a besoin d'une amie.
Cependant convaincu qu'une telle union
Doit se trouver bien loin de la perfection,
   Je n'y mets que peu d'importance;
   Un homme en qui j'ai confiance,
A mes risques et frais court les hasards du choix;
M'engage une compagne, et moi je la reçois;
Trop heureux de trouver en pareille alliance
Quelques rapports de biens et surtout de nais-
  sance.

   Mme FONROSE, *riant aux éclats.*

Ah! ah! ah! ah! Pardon, je ris de vos rapports
Avec une personne, exempte au moins de blâme;
Elle cherche un mari comme vous cherchez fem-
  me,
Et tous deux vous mettez en jeu mêmes ressorts.
    (*Riant.*)
  Ah! ah! c'est vraiment bien dommage

Que l'homme en qui vous avez foi
N'ait pas trouvé dans son message
L'entremetteur qu'elle a chargé du même emploi ;
Comme vous vous trouvez avec elle.... avec moi,
Veux-je dire ! Eh bien donc ! Ce sexe que nul autre
N'égale en perfidie, en malice, en noirceur,
Il n'a pas même l'art de deviner le vôtre !
Vous le voyez, monsieur, soit dégoût, soit hu-
    meur,
Il s'en remet au sort sur le choix qu'il faut faire,
Croyant ne pas trouver un homme fait pour plaire,
De la même monnaie ainsi nous nous payons.

DUVAL.

Souvent on se ruine à payer sans raisons.
Des femmes, il est vrai, dans la même balance,
On peut peser les dons, sans nulle différence,
Leur éducation uniforme en tout point,
N'en fait que des hochets marqués au même coin.
Prendre l'une ou bien l'autre est une chose égale :
Pour résultat on a toujours somme totale ;
Un démon dont le but est de vous tromper bien,
Dont le manége adroit est l'unique moyen,
Et qui vous laisse enfin, pour faveur opportune,
La ressource assez rare en toute autre infortune,
De s'écrier, hélas ! dans ce commun effroi,

Une femme abandonner prise !
Et de son dernier mot vous céder l'entremise !
Allons, rien qu'en faveur de la péroraison,
A tout prendre, elle aurait gain de cause et raison.
Mais, moi, que fais-je ici ? Le censeur frénétique,
Qui, sans ménagement, sans pudeur, sans égard,
De la civilité rompt le sacré rempart,
Jetant au nez des gens mon fiel âpre et caustique,
Tandis que Jame outré, surpris de mon retard,
Aux mains des étrangers enrage quelque part.

SCÈNE X.

DUVAL, JAME.

JAME, *qui a entendu les derniers vers.*

Eh ! non, non, je n'ai pas la rage,
Je puis bien me passer, monsieur, d'un tel partage.

DUVAL.

Jame en ces lieux ? Comment !
Qui peut t'avoir appris mon nouveau logement ?

JAME.

Qui parbleu que moi-même ! est-ce étonnante
    chose,
Que je vous trouve aux lieux où je vous fais venir,

Enfin chez madame Fonrose ?

DUVAL.

Quoi ! le hasard ici pourrait nous réunir ?
Et du premier abord, sans en savoir l'adresse,
Je débarquerais chez ma femme ?

JAME.

Ma maîtresse.
Il faut parler, monsieur, suivant l'ordre des temps,
Et n'anticiper point sur le titre des gens.
D'un et d'autre côté nous convînmes ensemble,
Qu'avant qu'à nulle femme aucun nœud vous ras-
    semble
Je serais son amant, en tout bien tout honneur,
Pour vous débarrasser d'une cour ennuyeuse,
Où ne saurait languir votre ame sérieuse,
Et qu'alors que j'aurais assez sondé son cœur,
Vous vous présenteriez pour être l'épouseur.

DUVAL.

Cela fut convenu.

JAME.

Réglez donc vos paroles
Sur les conventions de chacun de nos rôles ;
Crainte que vous n'alliez en un moment distrait,

Quand je l'appellerai l'idole de mon ame,

      La traiter d'épouse et de femme,

Et nous blesser tous trois par un semblable trait.

DUVAL.

Mais le temps est venu pourtant que je m'explique.

JAME.

(*A part.*)   (*Haut.*)

Trompons-le. Non monsieur, s'il faut que je ré-
    plique ;

La belle en question n'est pas fruit qui soit mûr,

Et de vous déclarer le moment est peu sûr.

Sur son opinion je la vois mal assise ;

Sa tête tergiverse ; elle est fort indécise.

Et vous ne voulez pas une femme à tous vents,

Faisant à tout propos la pluie et le beau temps ;

      Une espèce de girouette,

      Minaudière, prude et coquette.

Il faut qu'à vous céder, à vous suivre en tous cas

Yeux fermés, bouche close, elle soit toujours prête.

Allez, dans peu de temps je l'aurai mise au pas.

DUVAL.

Et pourquoi donc, maraud, cette lettre empressée

Où tu la dépeignais de l'hymen si pressée ?

JAME.

Alors je vous donnais la nouvelle du jour,
Je vous la donne encor. (*A part.*) Mais non pas
    sans détour.
      (*Haut.*)
    La femme est une onde agitée,
Par le flux et reflux sans cesse tourmentée ;
Elle veut un moment, un autre ne veut point,
Et pour la décider il faut la prendre à point.
    Attendez....

DUVAL.

C'est chose impossible.

JAME.

Vous ne serez pas inflexible ?

DUVAL.

Inflexible ! je pars.

JAME.

Et la future.... ?

DUVAL.

             Eh bien !
Tu l'épouseras, toi.

JAME.

Pour cela, quel moyen ?

A moins que le contrat ne soit à votre charge,
Et que vous ne donniez votre permission
D'être époux, comme amant par procuration.
    On pourrait écrire à la marge....

DUVAL.

Que Jame n'est qu'un fou, dont un ample soufflet
Va me faire raison.

JAME.

    Doucement, s'il vous plaît !
Je donnais mon avis ; mais nous suivrons le vôtre.

DUVAL, *faisant mine de sortir.*

Le mien est de partir. Je n'en trouve point d'au-
    tre,
Puisqu'il faut en affaire aller si longuement.

JAME.

Attendez, on pourra prendre un arrangement.
Je vous promets, monsieur....

DUVAL.

    Quoi ?

JAME.

    Dans peu, votre femme.

DUVAL.

Combien veux-tu de temps ?

JAME.

Au moins trois jours.

DUVAL.

Infâme !

Que ne demandes-tu tout un siècle aussi bien ?

JAME.

N'en donnez donc que deux.

DUVAL.

C'est trop, tu n'auras rien.

JAME.

Un seul ?

DUVAL.

Eh ! ce serait le premier de ma vie,
Dont la perte pourrait exciter mon envie !
Je pars.

JAME.

Ah Dieux ! quel embarras !
Si cette femme allait me rester sur les bras !
Monsieur, monsieur, revenez vite.
Il n'est point de délais. La voici tout de suite.

7*

Eh ! moi, je ne voulais par ces retardements
    Qu'éprouver tous vos sentiments.
C'est pure invention dont elle est innocente,
Que cette incertitude où j'ai peint votre amante ;
    Loin qu'elle refuse un époux,
    Elle est, monsieur, folle de vous.

DUVAL.

Et nous sommes encor, menteur, à nous
    connaître !

JAME.

(*A part.*)   (*Haut.*)

Quel contre-sens !..... Mais folle, ou sur le point
    de l'être,
    Paraît même chose à mes yeux.
Si j'eusse dit plus vrai, je n'aurais pas dit mieux.

DUVAL.

Oui, tranchons.... Mais qu'avant la fin de la
    journée
    Tu finisses notre hyménée.

JAME.

Comptez-y. Cependant si l'on était jaloux
Des heureux que l'on fait, je le serais de vous.
Je vous mets à la main, sans compter la fortune,

Une femme !.... C'est bien la plus aimable brune,
Dont jamais on ait vu les traits vifs et piquants !
Qui semble s'animer au souffle des passants !
On dirait, à la voir, un instrument docile,
Qui pour jouer d'amour n'attendrait qu'un mo-
    bile;
Et l'instrument, monsieur, n'a pas ses vingt-cinq
    ans !

DUVAL.

Si jeune !

JAME.

Eh, quoi! cela vous arrache un murmure?
Loin de vous applaudir de l'heureuse aventure,
Qui vous fait dans l'hymen rencontrer la beauté,
Vous semblez insensible à cette qualité.

DUVAL.

Ne te presse point tant d'être mon interprète :
On traduit toujours mal une plainte muette.
J'estimai, comme un autre, et chéris dans mon
    temps
La beauté, la jeunesse et leurs dons éclatants.
    Toutes deux même ont mon suffrage,
Encor, malgré l'assaut et les dégoûts de l'âge.

7*.

Heureux, cent fois heureux l'homme sûr du
    succès,
De cacher sous son toit clos à tout autre accès,
Une compagne aimable et dont la soif unique,
A pour objet la paix du bonheur domestique,
S'il peut la dérober au scandale des mœurs!
Mais combien m'apparaît sous des traits moins
    flateurs
Celui qui sans retraite où son repos se fonde
Avec un tel trésor reste en spectacle au monde!
Des essaims dissolus de jeunes éventés,
Soulèvent contre lui leurs désirs effrontés.
O quels tourments d'enfer égalent son supplice!
Avec des séducteurs il entre dans la lice;
Vaincu, son nom, suivi d'obscènes sobriquets,
Vole de bouche en bouche excitant les caquets;
Vainqueur, il est encore en butte à la censure,
Pour avoir seulement prévu sa flétrissure.
       Ainsi dans la société
       Par un destin inévitable,
       On nous rend toujours déplorable
       L'union avec la beauté.

             JAME.

Vous êtes possédé des vapeurs maritales.

Eh morbleu! chassez-moi ces humeurs conju-
    gales !

Est-il si malheureux, après tout, d'être fait.....

Ce que sans vous nommer vous comprenez très
    net.

Un tel sort alarma peut-être l'industrie,

Du premier dont la tête en a paru flétrie.

Le nouvelle façon dont il était coiffé,

Lui donnait à coup sûr l'air fort mal atiffé.

Mais quand au genre humain il eut donné l'exem-
    ple,

La route qu'il fraya devint large et très ample ;

Où son front s'entr'ouvrait des sentiers épineux,

Aujourd'hui sur ses pas on marche deux à deux.

        Suivez, suivez au loin la troupe

Des commodes maris que vous voyez en groupe,

        Se consoler de l'attentat

Qu'on fait à leur honneur... ils n'en font nul état.

    (*Duval, qui pendant cette tirade s'est promené
sur la scène, sort plongé dans la rêverie.*)

SCÈNE XI.

JAME, *seul, qui voit sortir Duval.*

Mais quel rêve profond de mon maître s'empare?

Distrait, pensif, il sort. Ah, la crainte l'égare !
Pauvre homme ! était-il fait pour être marié ?
Non, s'il en avait cru ma sincère amitié.
Il ne pourra se faire au genre d'une femme,
Et son premier travers ira lui percer l'ame.

(*Apercevant Emma.*)

Madame Fonrose survient.
Avec elle voici mon dernier entretien.
Faisons-lui quelque adieu bien langoureux, bien
    tendre,
    Où mon amour se laisse entendre.

SCÈNE XII.

EMMA, JAME.

EMMA.

C'est votre dernier mot ; vous ne voulez pas voir
Nos amis.

JAME.

    Non, chez moi j'en ferais mon devoir ;
Mais au logis d'autrui, qui préside reçoive !

EMMA.

    Je crains qu'on ne vous aperçoive,
Et qu'en mauvaise part notre société

e prenne le dessein d'en rester écarté.

JAME.

h morbleu! trop heureux, qnand une impolitesse
ous défait pour jamais d'un importun qui blesse.
t d'ailleurs pour les gens que vous avez pourtant,
Je ne vois pas raison à se trémousser tant.
Votre amie entre nous est déjà femme âgée,
Et de la quarantaine elle est fort affligée.
Je lui serais allé présenter mon respect,
Mais la décrépitude est un vilain aspect.

EMMA, *à part.*

Notre futur n'a pas d'engoûment.

JAME.

     Encor passe,
Pour l'étranger qu'on voit avec elle.

EMMA.

    Ah! de grace,
Ne me rappelez pas cet homme singulier!
   Ses airs railleurs, rogues, maussades,
N'annoncent qu'un objet d'outrageantes gour-
  mades.
Tout à l'heure arpentant devant moi l'escalier,
Il s'est mis à courir comme un fol à lier.

JAME, *à part.*

Elle n'incline pas à fort aimer mon maître;
Allons, de ses couleurs il faut pourtant la mettre.

(*Haut.*)

Mais cependant cet inconnu,
Qui déjà me paraît d'un âge respectable,
N'a rien dans ses façons qui ne soit raisonnable.
Son air....

EMMA.

Vous le vantez! vous ne l'avez pas vu.

JAME, *à part.*

Prenons-la d'une autre manière,
Et venons à nos fins sans lui rompre en visière.

(*Haut.*)

Si du premier abord il ne vous a pas plu,
Vous pourrez en rabattre après l'avoir connu;
Car moi qui fais ici son éloge à merveille,
J'ai contre lui, madame, une dent sans pareille.

EMMA.

En quoi vous aurait-il donc nui?

JAME, *à part.*

Inventons une fable à nous faire connaître.

(*Haut.*)

Ce n'est pas précisément lui,
C'est son ombre.

EMMA.

Comment cela pourrait-il être?

JAME.

D'une façon bien simple.... Écoutez seulement:
Dans un songe enchanteur je berçais votre image;
 Je vous voyais confidemment,
 Comme dans cet appartement,
Sous le même costume, et le même étalage.
Le hasard, qui voulait mettre un rapport frappant
Entre nos deux états d'alors et d'à présent,
 Nous avait mis en même place:
Moi debout commençant un discours plein de feu;
Vous dans ce même port de noblesse et de grâce,
 Quelquefois souriant un peu.
 Rempli d'une amoureuse audace,
 Excité par un tel aspect,
Et par votre beauté dont l'empire suprême,
 Poussé même jusqu'à l'extrême,
Faisait plutôt mourir que naître mon respect;
J'ose de mon amour dont vous êtes instruite,

8

Vous demander un prix qui l'acquite de suite.
Par un juste retour vous me tendiez la main
            Et m'approchiez de votre sein ;
Quand, au fond du tableau dont la porte s'en-
    tr'ouvre,
            Un homme aussitôt se découvre.
Sa figure, sa voix, enfin tous ses dehors,
Avec cet étranger avaient tant de rapports,
Qu'aujourd'hui que tous deux mieux je les ap-
    précie,
Je doute, en les voyant l'un à l'autre pareil,
Quel est l'original ou quelle est la copie,
De l'homme de la veille ou l'homme du sommeil.

EMMA.

Devant nous, quelle fut après sa contenance ?

JAME.

        Ce fut celle de l'arrogance.
Il vint effrontément, sans garder nuls égards,
Se placer entre nous et croiser nos regards ;
        Puis avec plus de violence
Il déclara bientôt vous prendre en sa puissance,
Me traita de valet, de suborneur madré,
Dont le règne imposteur avait assez duré.
Je ne sais à ces mots quelle voix foudroyante

Me cria qu'il avait raison ;
Et malgré la démangeaison
Que j'eus de vous ravir à sa main triomphante,
Je suivis de mon cœur la douce impulsion,
Me mis à vos genoux avec soumission.

(*Il se met aux genoux d'Emma.*)

Là comme une victime et tremblante et confuse
Aux pieds de sa divinité,
Je fis un tendre aveu de ma témérité,
Convenant qu'il est vrai que j'usai d'une ruse,
Mais que l'amour fut mon excuse.

(*Il se relève.*)

EMMA, *à part.*

Pour que ce songe fût une réalité,
Il faudrait seulement que je le débitasse.

SCÈNE XIII.

DUVAL, Mᵐᵉ FONROSE, EMMA, JAME.

Mᵐᵉ FONROSE, *dans l'enfoncement.*

Mettons enfin, monsieur, terme à nos différends.

DUVAL, *dans l'enfoncement.*

A votre volonté, madame, je me rends.

8.

JAME, *à Emma.*

Voilà l'homme du rêve, il vient prendre sa place.

EMMA, *à part.*

Sa voisine est pour moi plus à craindre au milieu.

Mme FONROSE, *dans l'enfoncement.*

Emma, je le vois bien, plaide avec feu ma cause.

DUVAL, *à part.*

Jame est pressant auprès de madame Fonrose.

Mme FONROSE, *oubliant qu'Emma passe pour la maîtresse de la maison.*

Ma chère, apportez-nous une table de jeu.
(*A Duval.*)
Le temps paraît moins long quand on varie un
   peu;
Volontiers vous ferez peut-être une partie?

DUVAL.

De ce que l'on propose on a toujours envie,
   Ainsi je ne puis refuser
   Ce qui pourra vous amuser.

Mme FONROSE.

Des cartes, vite.

DUVAL, *à Jame.*

Eh bien ! me donnes-tu ma femme?

JAME.

En attendant, restez avec cette autre dame.

Mᵐᵉ FONROSE, *à Emma.*

Fais-moi bientôt connaître à ce monsieur Duval.

EMMA.

Ne vous ai-je pas dit qu'il n'était pas si mal?

Mᵐᵉ FONROSE. *On a approché une table de jeu,*
madame Fonrose la prépare.

Tout est prêt..... De quel jeu voulez-vous faire
usage?
De l'wisk, du reversi, de l'hombre ou du piquet?
Ils offrent à la fois un égal intérêt,
Et c'est entre eux qu'enfin la mode se partage.

DUVAL.

Eh ! faisons seulement un tour de mariage.
(*Ils s'asseyent et jouent.*)

Mᵐᵉ FONROSE.

Soit : s'il n'offre l'attrait de la difficulté,
Il est au moins piquant par le titre qu'il porte.
Coupez. En jouant de la sorte,

L'esprit n'est point tenu dans la captivité ;
Il peut saisir au vol toute idée amusante ,
Sans que de son absence en rien son jeu se sente.
Mariage d'atout !

DUVAL.

Il est précipité.

(*A Jame.*)

Déclare donc aussi le mien de ton côté.

JAME , *à Emma.*

Madame....

Mᵐᵉ FONROSE , *à Emma.*

Presse-toi d'être mon interprète.

DUVAL.

Faudra-t-il donc, maraud , te jeter à sa tête ?

JAME , *à Emma.*

Madame, il faut qu'enfin je m'explique avec vous.
Celui dont je suivis les ordres à la lettre ,
Qui me fit demander d'être un jour votre époux,
    L'amour , ne peut plus me permettre
    De différer un si doux nœud ;
Et cédant à celui qui me commande en maître ,
Pour la dernière fois j'exige votre aveu.

DUVAL, *jouant.*

Ce coup-ci s'annonce à merveille.

Mme FONROSE, *à part.*

Et mon attention de plus en plus s'éveille !

EMMA, *à Duval.*

Vous voulez un aveu ? monsieur, j'en vais faire un,
Non pas celui qu'ici vous attendez peut-être ;
Qui, répondant au vœu que vous venez d'émettre,
D'une éternelle foi nous eût liés chacun ;
Mais un aveu franc et sincère ,
Qui, s'il ne vous rend pas, par un heureux retour,
De mes serments dépositaire ,
Acquitte du moins votre amour.
Quoique vous en impose une grâce apparente,
Vous ne voyez qu'une suivante.

DUVAL, *jouant.*

Hem ! mon jeu se dérange.

EMMA.

Oui, sous le transparent
De ces habits flatteurs qu'on n'a pas dans mon
rang,
Connaissez une séductrice ,
Qui, pour vous enchaîner, emprunta l'artifice ;

Mais qui pourtant fidelle aux sentiments d'hon-
  neur,
Quand elle ne peut plus faire votre bonheur,
  Dépouillant sa métamorphose,
Vous cède, en la nommant, à l'unique Fonrose.

Mme FONROSE, se levant.

Monsieur, ma gouvernante agissait en mon nom,
  Et vous en saurez la raison,
Si pourtant vous pouvez pardonner la méprise....

JAME, à part.

Faisons-la sur-le-champ expirer de surprise!
  (Avec l'air de l'indifférence.)
Madame, je renonce au lien conjugal,
Et je n'épouse pas sans connaître mon monde.
Si pourtant à l'adresse il faut que je réponde:
  Voici le vrai monsieur Duval
Qui vous épousera. C'est son tour. A la ronde.

Mme FONROSE, à Duval.

Quoi! c'est chez moi, monsieur.....

DUVAL.

     Qu'un hasard fortuné,
Comme vous avez vu, m'a d'abord amené;
Qu'ensuite j'ai trouvé mon domestique Jame

Ayant de notre hymen fort bien conduit la trame.

Mme FONROSE.

Et vous ne trouvez pas, que je gage, à propos
De la recommencer sur des frais tout nouveaux?

DUVAL.

Non, vous connaissez mon système.
Les femmes sont, d'après moi-même,
De fort jolis hochets marqués aux mêmes coins,
Qui valent toujours plus quand ils nous coûtent
    moins.
La première venue est la meilleure à prendre.

Mme FONROSE.

Chez le notaire ainsi nous allons donc nous
    rendre,
Quand nous aurons ici mis la dernière main.

JAME.

Madame, il faut souffrir que je vous accompagne
Avec ma prétendue et ci-devant compagne.

Mme FONROSE.

Le masque de l'amour ne se prend point en
    vain ;
Si monsieur y consent, Emma vous est unie ;
Pour ne vous point aimer, elle l'a trop bien feint.

DUVAL, *mettant la main d'Emma dans celle de Jame.*

Parbleu! n'est-ce pas lui qui guida la partie,
Et ne devons-nous pas gagner de compagnie?

JAME.

Allons, avant la noce, écoutez mon sermon.
Il n'aura que trois points; ce ne sera pas long.
J'unis mon maître avec madame;
Pour prix de l'obligation,
Par-dessus le marché je trouve encor ma femme:
Je tire pour conclusion
Qu'on est toujours payé d'une bonne action.

FIN.

A PÈRE AVARE

ENFANT PRODIGUE,

ou

LES HÉRITIERS

DE L'AVARE ET DU DISSIPATEUR,

COMÉDIE

EN UN ACTE, EN VERS.

PERSONNAGES.

CLÉANTE, prodigue, fils de l'avare.

VALÈRE, avare, fils du dissipateur.

ÉLISE, sœur du prodigue.

JULIE, sœur de l'avare.

DUMONT, leur ami.

CRISPIN, valet du prodigue, ⎫
LA LÉSINE, valet de l'avare, ⎬ d'âge mûr.

LA SCÈNE EST A LA CAMPAGNE, ENTRE LES DEUX
MAISONS DU DISSIPATEUR ET DE L'AVARE.

A PÈRE AVARE

ENFANT PRODIGUE,

ou

LES HÉRITIERS

DE L'AVARE ET DU DISSIPATEUR.

SCÈNE PREMIÈRE.

CRISPIN, *une cassette sous le bras*; LA LÉSINE, *des fleurs dans une corbeille, entrant sur la scène d'un côté opposé.*

CRISPIN.

Est-on levé chez toi?

LA LÉSINE.

Dès la pointe du jour.
Valère aux champs, Julie attend jusque au retour;

Ce qu'on ôte au sommeil on le donne à la peine.
Ma maîtresse n'est donc pas visible; et la tienne?

CRISPIN.

Non plus. Mais le travail n'use pas ses instants.
Élise dort. Sans gêne ainsi s'en va son temps,
Comme je perds le mien, son frère sa finance;
Tout ce qu'on perd chez nous se perd en abon-
    dance.
Nous pouvons donc jaser; en jasant, attendons
Le moment favorable à présenter nos dons.
De nos maîtres chacun aime la sœur de l'autre;
Voilà-t-il le présent qu'on envoie à la nôtre?

LA LÉSINE.

Oui, ces fleurs.

CRISPIN.

            Bon! des fleurs! est-ce une rareté?
Cet hommage a-t-il droit de plaire à la beauté?
Pour peindre un feu durable, il faut un don qui
    dure;
Et pour fournir aux frais qu'exige sa parure
Un magasin de mode est meilleur qu'un jardin.
            (*Il ouvre la cassette.*)
Vois-tu tous ces bijoux briller dans cet écrin?

Cléante les envoie à ta jeune maîtresse.

LA LÉSINE.

Je n'ai jamais porté présent de cette espèce.

CRISPIN.

D'une femme ceci flatte la vanité,
Et l'amour est heureux quand l'orgueil et flatté.
En prenant par ce faible un objet que l'on aime,
Sans qu'un amant s'en mêle, il se séduit lui-même.
A ce défaut aussi nous faisons notre cour,
Aussi bien qu'à Julie, et cela nuit et jour.
Hier au soir encor, quelle belle musique !
N'as-tu pas entendu ? mais c'était magnifique !

LA LÉSINE.

Oh ! oui, nous en avons même un peu profité,
Valère et moi.

CRISPIN.

Tu dis....

LA LÉSINE.

Je dis la vérité.
Quand ces musiciens envoyés par ton maître,
De la sœur de Valère entouraient la fenêtre,
Nous, à la sienne aussi, nous donnions un concert

De nos voix. Au besoin, j'ai le timbre assez clair.
Mais j'achevais à peine une seule roulade
Que déjà ces messieurs fermaient leur sérénade.
Ils s'approchent de nous, et Valère obtient d'eux
De les faire jouer encore un air ou deux,
Par-dessus le marché, seulement pour lui plaire.

CRISPIN.

Et n'a-t-il rien donné?....

LA LÉSINE.

Donné! bon! au contraire;
Après il les renvoie, et chansons pour chansons;
Cléante a, leur dit-il, payé les violons.

CRISPIN.

L'avare! quel défaut a ce pauvre jeune homme!
Dans l'âge des plaisirs déjà triste économe,
De ses privations enrichir son trésor!
J'aimerais mieux, pour moi, qu'il eût tout autre
    tort;
La générosité sied bien à la jeunesse.
Celui-là m'a trompé, ma foi, je le confesse:
J'attendais mieux du fils du prodigue Cléon.

LA LÉSINE.

Mais Cléante prodigue est bien fils d'Harpagon;

Aucun des deux, je crois, ne ressemble à son
  père.

CRISPIN.

Non, le sang dément fort chez eux le caractère.
Mais je rends grâce au moins au singulier hasard
Qui nous plaçant près d'eux à nos goûts eut égard.
T'en souviens-tu? Combien notre sort fut bizarre!
Nous servions tous les deux leurs pères; toi,
    l'avare,
Moi, le dissipateur; j'aimais fort son grand train;
L'un meurt d'intempérance et l'autre meurt de
    faim.
Nous passons à leurs fils, mais c'étaient les con-
    traires;
Et comme ils nous trouvaient les défauts de leurs
    pères,
On se forme où l'on vit, pour mieux s'en arranger,
Ils s'avisent, tu sais....

LA LÉSINE.

                    Oui, de nous échanger.
La maison du défunt me coûta quelques larmes.

CRISPIN.

De mon vieux gîte aussi je regrettai les charmes.

8*

LA LÉSINE.

Crispin, une maison où l'on vivait de rien!

CRISPIN.

La Lésine, un logis où l'on dépensait bien!

LA LÉSINE.

Où la santé naissait d'un régime sévère!

CRISPIN.

Où l'on s'arrondissait de plus d'une manière!

LA LÉSINE.

Cependant tu le sais, pour consolation,
Je me vis suivre ici, dans ma condition,
Par quelques vieux témoins de mes soins domes-
tiques :
Animaux, instruments, meubles économiques,
Que Valère acheta des enfants d'Harpagon.

CRISPIN.

Ainsi m'arriva-t-il sortant de chez Cléon.

LA LÉSINE.

Je bannis la dépense enfin de chez Valère.

CRISPIN.

De chez Cléante, moi, l'épargne trop sévère.

LA LÉSINE.

Mais je voudrais le rendre encor pire; je crois
Qu'il n'est point là.... d'avare.... aussi bon qu'au-
     trefois.
Harpagon valait mieux.

CRISPIN.

          Et malgré mon intrigue,
Cléante, je le sens, n'est qu'un demi-prodigue.
Cléon le surpassait.

LA LÉSINE.

          Ah! monsieur Harpagon,
Vous n'êtes plus, hélas !

CRISPIN.

          Hélas! monsieur Cléon !
Mais, parbleu! j'oubliais. Écoute, La Lésine,
Nous sommes seuls, oui, seuls, et tu m'as bien
     la mine
De voir ton Harpagon si l'on te le montrait.

LA LÉSINE.

Le montrer ! il est mort.

CRISPIN.

          Mais j'entends son portrait.

8*.

LA LÉSINE.

Son portrait!

CRISPIN.

Oui, lui-même, et par un grand génie,
On les a mis, mon cher, tous deux en comédie,
Cléon et lui.

LA LÉSINE.

Bon!

CRISPIN.

Dans mon voyage à Paris,
J'ai voulu les avoir sitôt que je l'appris.

Il sort deux pièces de sa poche, censées être, l'une
l'Avare, *l'autre* le Dissipateur, *et lui donne*
l'Avare...

Je t'en fais cadeau, tiens. Voilà nos deux poëtes.

LA LÉSINE, *prenant le livre et mettant ses lunettes.*

Pardonnez si pour vous j'use encor mes lunettes,
Feu mon maître. *L'Avare.* Eh! mais en souriant,
De ce livre à Valère on parle assez souvent.

CRISPIN.

Le Dissipateur. Là, je trouve mon histoire.

LA LÉSINE.

De le life, Crispin, je veux avoir la gloire.
Nos dames viendront; moi, j'attends. Voici mes
  fleurs.

CRISPIN.

Ma cassette.

LA LÉSINE.

Lisons.

CRISPIN.

Oui, lisons nos auteurs.

*(En disant les derniers vers ils se sont assis devant
l'une des deux maisons.)*

SCÈNE II.

DUMONT, LES PRÉCÉDENTS.

DUMONT.

Le charmant rendez-vous! et comme je m'em-
  presse!
Ce que c'est que d'avoir un renom de sagesse!
Là.... du moins avec vous le sexe est confiant;
Il ne l'est pas toujours; nous en abusons tant!

Mais que me veulent donc, à moi, mes deux
    voisines ?

Ah ! Dumont, aisément, je crois, tu le devines.

De tes plus chers amis ce sont les jeunes sœurs,

Et ces amis chacun plongés dans leurs erreurs

Ne sont peut-être plus déjà les meilleurs frères.

Elles souffrent, sans doute, à voir leurs caractères.

Un prodigue, un avare, ont peu le temps d'aimer.

Moi-même, n'ont-ils pas cessé de m'estimer !.....

Nous nous voyons si peu, nous! nous! qui dès
    l'enfance

Ne pouvions nous quitter sans pleurer notre
    absence.

Hélas ! de l'amitié l'enfance est la saison ;

O! que je remercie et l'âge et la raison

Qui n'ont point effacé tous ses goûts de mon
    ame !

Du moins quand aujourd'hui le besoin me ré-
    clame,

Je suis à ces amis qui m'ont fermé leurs cœurs,

Et leur doux souvenir me conduit vers leurs
    sœurs.

    (*Apercevant Crispin et La Lésine.*)

Mais n'aperçois-je pas leurs valets en lecture ?

Les valets à présent ont leur littérature !
C'est une rage ! on lit !... En sommes-nous meil-
    leurs ?
Bon ! on lit par plaisir, non pour changer ses
    mœurs.

            (*S'approchant deux.*)

Messieurs, avertissez vos jeunes demoiselles
Que leur ami Dumont se présente chez elles.

LA LÉSINE, se levant.

Oui, monsieur.

CRISPIN, se levant.

    Oui, monsieur.

DUMONT.

          Je vous dérange.

CRISPIN.

            En rien.

DUMONT.

Pardon !

CRISPIN.

Prends mon présent, je me charge du tien.

    (*Ils échangent ce qu'ils avaient apporté.*)

(*Mystérieusement.*)

Que penses-tu du livre?

LA LÉSINE.

Oh! c'est son caractère;
Harpagon aura dit ses secrets à Molière.

(*Ils sortent.*)

SCÈNE III.

DUMONT, *seul; il a entendu le nom de Molière.*

Molière! ah! celui-ci peut aller dans leurs mains.
Lui! c'est pour tous les yeux qu'ils peignait les
    humains;
Ses couleurs, ses beautés prises dans la nature,
Peuvent même frapper des esprits sans culture.
Nos auteurs, à présent, sont dans un autre cas;
Ils ont tant d'art! toujours on ne les comprend
    pas.

SCÈNE IV.

DUMONT, ÉLISE, JULIE, *entrant d'un côté opposé.*

JULIE.

Voici Dumont !

DUMONT.

Eh ! oui, c'est lui, chère Julie,
Chère Élise, car l'une et l'autre est son amie.

ÉLISE.

Aussi, comme il accourt !

DUMONT.

Quand nous étions enfants,
Depuis nous ne comptons guère plus de douze
    ans,
Près de vous en ces lieux, j'accourais aussi vite.
Doux plaisir ! Faudrait-il réformer ma conduite ?
Non, ici l'amitié m'amena par la main ;
Je n'en oublîrai pas de sitôt le chemin.

JULIE.

Bon ami ! puissiez-vous, comme alors, vous y
    plaire !

ÉLISE.

Cher Dumont, puissiez-vous... Mais mon frère...

JULIE.

Ah ! mon frère.....

DUMONT.

Ah ! j'entends, c'est pour eux... que vous voulez
me voir.

Que font donc ces messieurs ?

ÉLISE.

Vous allez tout savoir.

Cléante après deux ans terminait ses voyages,
Trop coûteuses erreurs de ses penchants volages,
Pardonnables pourtant puisqu'il y renonçait.
Aux champs et dans nos bras enfin, il se fixait,
Et même s'arrachant au faste, à la dépense,
Il venait y conclure une double alliance,
A Valère m'unir et s'unir à sa sœur.
La main eût resserré les doux liens du cœur.
Il arrive, mais tel qu'auparavant, le même ;
La prodigalité, voilà tout ce qu'il aime.
Valère, vous savez, la déteste un peu plus ;
Jugez de leurs discours, à peine ils se sont vus.
Tous deux avec aigreur exaltant leur manie,
Ils vantaient la dépense ou bien l'économie.

Eufin depuis huit jours ils ont tant disputé,
Et leur entêtement est si fort augmenté,
Que, follement jaloux de venger leurs systèmes,
Nous oubliant, hélas! pour leurs défauts eux-
     mêmes,
Valère veut demain de nouveau s'enfermer,
Et puis Cléante encor repartir, voyager.

JULIE.

Ah! si Cléante part....

ÉLISE.

          Si Valère s'enferme,
De leurs égarements qui peut prévoir le terme.
Peut-être de leur vie ils corrompront le cours;
Les défauts de leur âge, on les garde toujours.
Mais, Dumont, il nous reste, hélas! une espérance,
Nous la mettons en vous, l'ami de leur enfance.
Parlez.... De les changer vous êtes presque sûr;
Vous leur pouvez offrir un exemple si pur
De vertus; car, Dumont, vous passez pour un sage.

DUMONT.

Moi!

JULIE.

  L'on vous nomme ainsi dans tout le voisinage.

9.

DUMONT.

Bonnes sœurs ! Ce nom-là, non, ne me convient
    pas ;
Mais un titre plus vrai dont je fais un grand cas,
C'est celui, croyez-moi, d'ami de vos deux frères,
Il me donne sur eux des droits bien plus sincères.
De morale souvent on est fort ennuyé,
On combat la sagesse, on cède à l'amitié,
Son langage est le seul qu'il faut leur faire en-
    tendre.
Mais le succès long-temps s'en doit peut-être
    attendre ;
Pour l'obtenir plutôt il faut vous joindre à moi:
L'amour est obéi bien promptement, je croi.

ÉLISE.

Pas toujours.

JULIE.

    Non.

DUMONT.

    Toujours. Pourtant je dois le dire,
Souvent son indulgence affaiblit son empire;
Mais il est bien puissant, aidé par ses rigueurs.
Ce moyen est peut-être ignoré de vos cœurs.

Pardon ! ceci n'est pas un reproche ; à votre âge
Rarement de la feinte on connaît bien l'usage ;
On ignore cet art de tromper un amant,
De faire naître un bien d'un refroidissement,
D'acheter ses vertus même au prix de ses peines,
De feindre l'en bannir pour mieux serrer ses
  chaînes.
Vous l'ignorez, tant mieux; on s'en sert trop sou-
  vent;
On a fait d'un remède un usage imprudent,
Et la coquetterie, en lui prêtant ses armes,
De l'amour a fini par corrompre les charmes.
Mais vous dont la bonté n'abusera jamais....
Tenez, consentez-vous?... Je réponds du succès.

ÉLISE.

Du succès? ah ! parlez.

JULIE.

Dites, que faut-il faire ?

DUMONT.

Concertons-nous. J'attends et Cléante et Valère...
Je vous guide, excusez; il en doit être ainsi ;
Quand il faut les chérir vous m'instruisez aussi.
J'attends donc nos amis, et puis, avec courage,

De la tendre amitié je leur tiens le langage;
Après les rappelant vers vous, à votre tour,
Vous les éprouverez par celui de l'amour,
Mais de l'amour fâché, mécontent et sévère;
C'est en leur désespoir, moi surtout, que j'espère.

ÉLISE.

S'il ne tient qu'à cela, je m'en ferai plaisir.

JULIE.

Ah! qu'ils seront grondés !

DUMONT.

Je les entends venir.
Rentrez, ils vous verraient.

ÉLISE, *s'en allant.*

Corrige bien mon frère.

JULIE, *s'en allant.*

Sois tranquille. Mais toi, n'épargne pas Valère.

SCÈNE V.

DUMONT, *à l'écart durant le commencement de cette scène.* VALÈRE, CLÉANTE.

CLÉANTE, *dans la coulisse.*

Attends donc.

VALÈRE.

Esquivons et ne l'attendons pas,
Je suis las de le voir s'attacher à mes pas.
O l'importun !

(*Il va pour entrer chez lui et aperçoit Dumont*
devant sa porte.)

A l'autre, et pas plus raisonnable ;
Il faudra tout le jour dépenser comme un diable.

CLÉANTE, *entrant, botté et comme quelqu'un qui*
descend de cheval.

Eh bien, tu cours !....

VALÈRE, *avec humeur.*

Bien mieux que toi sur ton cheval.

CLÉANTE.

Allons ! ne médis pas de ce pauvre animal.
J'en ai ma foi crevé quelques-uns dans ma vie ;
C'est le seul....

VALÈRE.

Oui, partout fais percer ta folie,
Crève bien tes chevaux..... Comme eux exténué,
Un jour tu tomberas de tout bien dénué.

CLÉANTE.

De peur aussi qu'un jour tu n'en manques toi-
    même,
Traîne à pied le fardeau d'une fortune extrême.

VALÈRE.

Avec simplicité l'on devrait vivre aux champs,
Se passer, comme moi, d'équipage et de gens.

CLÉANTE.

Aux champs comme à la ville attirer l'opulence,
C'est être heureux. Eh! sois-le, imite ma dépense.

VALÈRE.

Et crois-tu que mes goûts pour les tiens vont
    changer?

CLÉANTE.

Incorrigible, toi, crois-tu me corriger?

DUMONT.

Eh bien donc, mes amis, quoi! toujours en dis-
    pute?

CLÉANTE.

Bonjour, Dumont.

VALÈRE.

Bonjour.

DUMONT.

Pourquoi donc cette lutte?
Rappelez-vous ce temps où le plus doux accord
Nous unissait tous trois; il peut renaître encor.
Moi, d'abord, mes amis, moi, jamais je n'y pense
Sans vouloir être uni comme dans mon enfance.

CLÉANTE.

Ah! c'est que toi, Dumont, tu ne t'es pas gâté;
Mais l'avarice!....

VALÈRE.

Et lui, la prodigalité!

SCÈNE VI.

LES PRÉCÉDENTS. CRISPIN, *qui s'approche de*
Valère, feignant de n'être pas vu des autres.

DUMONT.

Eh! mes amis, vos sœurs dont la grace touchante
Fortifiait dès lors cette union naissante,
Auraient-elles aussi vos défauts, votre humeur,

Que vous les oubliez? ce n'est pas bien.

CRISPIN, *tirant Valère par son habit.*

Monsieur.

VALÈRE, *distrait et sans le regarder.*

Je n'ai rien à donner.

CRISPIN.

Il croit qu'on lui demande!
Du naturel en lui combien la force est grande!

VALÈRE.

De nos sœurs, il est vrai, nous négligeons le sort;
Mais ce n'est pas à moi, Dumont, qu'en est le
    tort.
Tu sais combien Élise est touchante et jolie,
Il lui faut un époux qui du moins l'apprécie.
Eh bien, je me flattais, moi, d'être cet époux;
J'éprouvais dès long-temps le plaisir le plus doux
A voir, dans la retraite où nous vivons ensemble,
De ses traits, de ses dons croître l'heureux en-
    semble,
Un goût de modestie et de simplicité
Que l'exemple d'un frère encor n'a pas gâté;
Jamais mes yeux, mon cher, ne se détournaient
    d'elle,

Sans que mon cœur promît de l'obtenir ; et telle
J'espérais de la voir unie à mon destin,
Mais Cléante à présent me refuse sa main.
Sous prétexte.... que moi, je n'ai pas sa folie.
Hélas ! Élise eût fait le bonheur de ma vie.

CRISPIN, *tirant encore Valère par son habit, et lui mettant la lettre d'Élise devant les yeux.*

Monsieur.

VALÈRE, *avidement.*

Hein ! une preuve encor de son amour !
(*Feignant de vouloir récompenser Crispin.*)
Va, j'aurai soin de toi, Crispin, un autre
jour.
(*Crispin sort avec des marques de mécontentement.*)

SCÈNE VII.

LES PRÉCÉDENTS, *excepté Crispin.*

CLÉANTE.

Dumont, bien plus qu'à lui, va, nos sœurs me sont
chères,
Je suis aimé, je sais le devoir des bons frères ;
Je voudrois que l'hymen pût de nos premiers ans

Confirmer à jamais l'amitié, les penchants.

Qu'une telle union rien n'est si doux, je gage!

Plein des goûts de l'enfance on s'en croit tou-
      jours l'âge,

En vain on a perdu les plaisirs qu'il donnait,

Près de ceux qu'on aima l'illusion renaît,

On retrouve la paix, le bonheur, la tendresse,

On passe ainsi sa vie entouré de jeunesse,

Et les jours écoulés, leur plaisir, leur emploi,

Sont un charme enivrant qu'on entraîne après
      soi!

D'éprouver tout cela, j'avois beaucoup d'envie,

Mais Valère à son tour me refuse Julie.

Il n'aime pas du tout, lui, les dissipateurs.

DUMONT.

Ainsi, messieurs, je vois que pour ces bonnes
      sœurs

Chacun de vous, séduit par un vice qu'il aime,

Attend beaucoup de l'autre et fait très-peu lui-
      même.

VALÈRE, *qui jusqu'à présent a paru distrait et
a lu son billet.*

Élise m'attend. Bon! plantons là nos amis.

(*Il sort durant les vers suivants et entre chez Élise, à la dérobée.*)

CLÉANTE.

Aussi mon cher, demain je revole à Paris;
Là fuyant tout censeur à mes goûts je me livre;
Là j'ai même un procès qu'il faut un peu pour-
   suivre.

SCÈNE VIII.

LES PRÉCÉDENTS, *excepté Valère.*

DUMONT, *qui voit sortir Valère.*

(*A part.*)
Tandis qu'après Valère on se met là-dedans,

                     (*Haut.*)
Nous attaquons Cléante. Allons ferme. J'entends.
Tu repars pour Paris ; mais, mon cher, pour-
   quoi faire ?

CLÉANTE.

Pourquoi ? pour m'étourdir, Dumont, pour me
   distraire,
Pour chercher le bonheur.

DUMONT.

Bon ! le chercher si loin?
Mais je penserais, moi, qu'il n'en est pas besoin.
Si je lis dans ton cœur, à travers ta folie
Ton vrai bonheur serait de posséder Julie.
Eh bien ! pour l'obtenir vas-tu donc la quitter?
Je ne te comprends pas ; il faut la mériter.
Tu sais quel sacrifice attend de toi Valère?
Et Valère est vraiment un ami bien sincère !
Vois, malgré son défaut auquel il doit songer,
Comme il prend part au tien qu'il voudrait cor-
   riger.
Il offre à ton retour un prix ; double avantage !
Crois-moi, profites-en, deviens enfin plus sage.
Sans cela tôt ou tard il le faut devenir,
Et du moins par devoir, si ce n'est par plaisir :
Car, dis-moi, peux-tu vivre ainsi ? Quelle exis-
   tence !
A tes légèretés, tes erreurs, ta dépense,
Reconnaît-on beaucoup ton éducation ?
Et sont-ce là des mœurs pour un fils d'Harpagon?

CLÉANTE.

Quoi ! veux-tu dans un fils trouver les mœurs d'un
   père ?

Et suis-je donc le seul, moi, qui du mien diffère ?
Rarement, mon ami, l'exemple des parents
Descend sans s'altérer et passe à leurs enfants ;
Leurs excès, leurs chagrins, ou leur morne sa-
gesse
Ont toujours de leur trace écarté la jeunesse.
Elle y perd quelquefois de bien rares vertus,
Mais souvent des défauts ; il en est beaucoup
plus.

DUMONT, *à part.*

Il a ma foi raison.

CLÉANTE.

C'est ainsi qu'à mon père
Aussi j'ai dû moi-même un autre caractère ;
Oui, sa sévérité, voilà le sort qu'elle eut.
Je vis ce malheureux, quoique riche il le fut,
Tourmenté d'avarice, au sein d'une fortune
Où mille autres peut-être en eussent vu plus
d'une,
Jouet de ses amis, dupe de ses valets,
Traîner des jours affreux consumés de regrets.
Je vis, quoi ! mon ami, ce penchant invincible
Étouffer la pitié dans un cœur né sensible,

Auprès de ses enfants dont l'entouraient les
    soins

Le rendre sourd aux cris de leurs premiers be-
    soins,

Auprès de l'indigent dont il vit les alarmes

Lui faire épargner l'or en prodiguant les lar-
    mes,

Et même après l'avoir endurci pour autrui,

A ses derniers moments se tourner contre lui.

Il mourut, et tu sais... Cependant pour sa gloire,

Je te laisse ignorer ce point de son histoire.

Peut-être un autre jour je t'en attendrirai;

Mais sois sûr que jamais je ne l'imiterai.

DUMONT.

Je le crois, et tant mieux; ce vice détestable

Après le tien, sans doute, est le moins pardon-
    nable.

Mais pour fuir un excès, n'est-il qu'un autre
    excès ?

De l'avarice, ami, tu m'as peint les effets,

Je t'en ai vu frémir !.... Tu peux trembler en-
    core !

Tous ces travers si vils, et que ton ame abhorre,

Du désordre souvent sont les fruits trop certains.

Au même abîme on court par différents che-
    mins !

Regarde autour de toi, que produit la dépense ?

Le monde est plein de gens qu'elle offre à l'in-
    digence ;

Leur sort sera le tien ; le leur est.... d'épargner !

Te voilà donc au point dont tu veux t'éloigner ?

Voilà donc le besoin qui va te rendre avare ?

Et quel avare encore ! C'est là le plus bizarre !

Tu seras d'entre eux tous le plus infortuné,

Car pour l'être, en un mot, tu ne seras pas né.

Ah ! c'est alors enfin qu'accroissant ton sup-
    plice,

Jusques à tes vertus, tout en sera complice.

Ah ! c'est alors qu'aigri par la nécessité

Plus qu'Harpagon encor tu seras détesté.

Tu voudras repousser ton enfant misérable,

L'indigent, ton égal et moins que toi coupable....

CLÉANTE.

Mais tu me fais trembler.

DUMONT.

              Oh ! je n'ai pas fini.

En général ainsi tout prodigue est puni.

Mais quoi ! pour ajouter à ces communes peines

9*

Quel homme n'en a pas encor de plus prochaines?
Combien il en sera pour toi dans ton malheur!
Tu songeras alors à ta trop bonne sœur,
A Valère, à moi-même et surtout à Julie,
Amis dont tes erreurs auront troublé la vie.
Et les pleurs....

CLÉANTE.

Dans les pleurs, quoi! tremper ton pinceau!
Sois moins triste.

DUMONT.

Veux-tu donc un riant tableau?
Tu n'as qu'à désirer, tiens, juge à la peinture
Que l'exécution en seroit douce et pure.
Tu renonces au luxe, et cet heureux retour
Dont l'amitié jouit est payé par l'amour.
Julie est accordée à tes vœux, et Valère
D'ami froid qu'il était devient le meilleur frère.
Tu restes avec nous, habitant du hameau;
D'abord, tu n'es pas fait à ton état nouveau,
Tu reviens quelquefois à tes vieilles folies,
De ton ancien goût tu reprends des saillies;
Mais on en rit, et toi qu'étonne cet accueil,
Tu sens que tant d'éclat n'est fait que pour l'or-
    gueil,

Que la vanité seule embellit l'imposture,
Et qu'il n'est de plaisirs que près de la nature.
Sur le sein de Julie une rose des champs
Bientôt charme tes yeux plus que vingt diamants ;
A la table frugale où tu t'asseois près d'elle
Tu ris de meilleur cœur qu'à la fête nouvelle ;
Et les lieux où jadis tu perdais ton argent
Sont moins beaux que le chaume où ta main le
    répand.
Te voilà donc changé ?

CLÉANTE.

Bon !

DUMONT.

Regarde Valère ;
Il l'est aussi.

CLÉANTE.

Comment ? ma foi, j'en désespère.

DUMONT.

Point du tout. Ce voyage à Paris, que tu sais,
Qui l'aura fait ? C'est lui, pour gagner ton procès ;
Élise ira de même. Une femme, un voyage,
Sont bien les deux objets qui forment davantage.
On dit les plus coûteux, c'est là le point surtout.

9*.

L'un va l'accoutumer à dépenser beaucoup,
Et l'autre à dépenser sans y regarder même :
On est si généreux auprès de ce qu'on aime !

CLÉANTE.

C'est fort bien arrangé.

SCÈNE I X.

LES PRÉCÉDENTS, LA LÉSINE.

LA LÉSINE, *qui s'est approché insensiblement de*
Cléante.

Monsieur !

CLÉANTE.

Hein !

DUMONT, *qui voit de quoi il s'agit et se retirant de*
l'autre côté.

Du billet
A présent gardons-nous de retarder l'effet.

CLÉANTE.

Donne.

LA LÉSINE.

Monsieur....

CLÉANTE.

Que vois-je? un billet de Julie.
Ah! retenons ma joie, évitons la folie
De donner trop surtout.
    (*Il tire précipitamment sa bourse.*)
        Tiens ma bourse; allons! prend.
D'être plus généreux, mon cher, on me défend.

LA LÉSINE.

Monsieur....

CLÉANTE.

A donner plus est-ce que tu m'engages?

LA LÉSINE.

Au contraire.

CLÉANTE.

Eh bien! va.

LA LÉSINE.

        Au moins trois ans de gages!
En acceptant je nuis au pauvre malheureux.
Ah! monsieur Harpagon, pardonnez à tous deux.
        (*Il sort.*)

SCÈNE X.

LES PRÉCÉDENTS, *excepté La Lésine.*

CLÉANTE.

Ah! oui, je cours vers elle. Allons, voici Valère.
Charmant! j'aurai la sœur et notre ami le frère.
(*Il sort et entre chez Julie.*)

SCÈNE XI.

DUMONT, VALÈRE, *entrant.*

DUMONT.

L'un vient, l'autre s'en va; bien! très bien arrangé!
Voyons si celui-ci n'est pas un peu changé.

VALÈRE, *à part et l'air rêveur.*

Dans sa sévérité qu'elle est aimable et belle!
Elle me donne un jour pour réfléchir, dit-elle,
Un jour! c'est peu! pourtant en le donnant, je
    croi
Qu'elle semblait encore en regretter l'emploi.
Que je vais payer cher un amour aussi rare!
Adieu l'économie.

DUMONT, *à part.*

Abordons notre avare.

(*Haut.*)

Eh bien! l'ami Cléante a tôt pris son parti.
Du village demain il sera donc sorti?

VALÈRE.

Il le dit.

DUMONT.

Ce qu'il dit, il le peut très bien faire.
Il ne tiendrait qu'à toi, mon cher, de l'en distraire.

VALÈRE.

Ils parlent tous ainsi; mais, ma foi! je ne sais;
Suis-je le redresseur des torts? est-ce à mes frais?
Et comment le pourrais-je?

DUMONT.

Oh! la chose est facile,
Et même elle serait à tous les deux utile.
Par exemple, il faudrait, de lui moins écarté,
L'égayer quelquefois par ta société;
Ne point vivre enfermé chez toi comme un sau-
    vage,
Évitant son espèce et les mœurs de son âge;

Prendre un peu de ses goûts et lui donner des
    tiens;
Ne point t'occuper tant d'intérêts et de biens;
Nous promettre en un mot un entier sacrifice
De tes petits travers qu'on appelle avarice.

VALÈRE.

De l'avarice! à moi! ah! comme l'on médit!
On ne devrait pas croire un mot de ce qu'on dit.
Il est vrai que je hais toute folle dépense,
Et je fus bien payé pour cela dès l'enfance;
Oui, j'eus sur ses dangers une bonne leçon!
Je n'imiterai pas l'exemple de Cléon!

DUMONT, à part.

Bon! je connais deux fils bien contents de leurs
    pères.
A quel point leurs défauts leur ont été contraires!

VALÈRE.

Mais avare! on se trompe ou l'on veut se jouer.

DUMONT, à part.

Allons, il est des torts qu'on ne peut avouer.
Le prodigue convient, l'avare dissimule,
Autrement combattons un autre ridicule.

Haut, *et comme embarrassé.*)

De l'être, à coup sûr, moi, je ne puis t'accuser ;
Mais Cléante le croit. Pour l'en désabuser
Tu devrais faire tant.... qu'il te rendît justice ;
Et lui.... persuadé.... que tu quittes ce vice,
Ici j'entends toujours le vice qu'il te croit,
Renoncerait au sien.... Le tour serait adroit.

VALÈRE.

J'en conviens.

DUMONT.

Conçois-tu l'excellent stratagème ?
Il croirait t'attraper, n'attrapant que lui-même.

VALÈRE.

(*Haut.*)   (*A part.*)

Oui, j'en conviens encor. Pas tout-à-fait pour-
    tant.

Ceci m'attrapera, je crois, beaucoup d'argent.

DUMONT.

Et par exemple, il est question d'un voyage,
Si tu voulais t'offrir pour le faire.

10

VALÈRE, *à part.*

Ah ! j'enrage.

Pour me voir voyager on s'est donné le mot.

(*Haut.*)

Élise comme toi m'en a parlé tantôt.

DUMONT.

Ah ! c'est qu'à ce prix-là tu l'obtiendrais, sans
    doute.

Cléante, en consentant que tu fisses sa route,

Permettrait à sa sœur de suivre son amant ;

Tu la ferais alors bien agréablement.

Vois-tu, c'est qu'il est sûr qu'une course pareille

Te changerait, pourrait te former à merveille.

Et point du tout, c'est lui qu'elle changerait fort,

Car, une fois ici, loin du bruit, il s'endort :

Je réponds qu'il renonce enfin à la dépense.

Allons, tu lui devrais cette reconnaissance....

VALÈRE.

Mais moi !

DUMONT.

Mais tu n'es point avare ?

VALÈRE, *à part.*

J'ai dit non :

Puis-je me démentir ?

DUMONT.

Et dans l'occasion
On peut assez, je crois, compter sur tes services :
Tu saurais à propos faire des sacrifices ?

VALÈRE, *péniblement.*

Sans doute.

DUMONT.

Tu n'es point prodigue ?

VALÈRE.

Assurément.

DUMONT.

Tu voyagerais donc encor très sagement.
Cléante autant que toi n'aurait pas ce mérite.

VALÈRE.

Ma foi ! le beau plaisir d'avoir de la conduite
Pour les autres.

10.

DUMONT.

Avec peu de temps et de frais
Tu pourrais lui gagner, je gage son procès.
Ce bienfait dans tes mains ne serait pas stérile,
Mais sans t'entretenir même ici de l'utile,
Car il est, mon ami, des moments de loisirs
Qu'on peut uniquement consacrer aux plaisirs,
Songe donc, je te prie à tous ceux du voyage.
Au premier, à celui de quitter son village,
De voir, à peine encore on a fui la maison,
Devant ses yeux surpris s'élargir l'horizon;
Et dans ce vaste champ qu'ici tu te figures
De courir à travers mille et mille aventures,
Dont pas une pourtant n'a rien de dangereux.
Tantôt c'est un ami qu'on retrouve, ou bien
      deux ;
Un site qu'on rencontre, un charmant paysage,
Une auberge manquée au milieu d'un orage,
Une chaumière obscure où l'on prend son repas,
Un vieux château gothique où l'on porte ses pas,
Et tout cela t'arrive à côté de ta femme :
Ainsi jadis un preux courait avec sa dame.

VALÈRE, *à part.*

Ce qui me plaît à moi des scènes de romans

C'est que l'on a gratis ces petits agréments.

DUMONT.

Ah ! tiens , voici Cléante.

VALÈRE , *à part.*

Il faudra que je parte.
Ainsi le veut Élise.

DUMONT.

Oh ! oh ! comme il s'écarte !
Ce qu'aura dit Julie , ainsi le fait rêver.

SCÈNE XII.

LES PRÉCÉDENTS , CLÉANTE.

CLÉANTE , *à part et l'air rêveur.*

Ce que disait Dumont pourrait bien arriver,
Car puisqu'il faut choisir entre elle et le voyage ,
Je le sens trop , Julie est le plus doux partage.
Ah ! quel cœur j'ignorais avant cet entretien !
Et j'allais la quitter.

DUMONT.

Eh bien , messieurs , eh bien !

– Allez-vous disputer, encore ?

CLÉANTE.

Non, je cesse,
Dumont.

VALÈRE.

Et moi de même.

DUMONT.

En ce cas je vous laisse.
Un témoin quelquefois importune nos yeux,
Et le moment du calme est toujours précieux,
Surtout quand un orage a troublé.

CLÉANTE.

Tu veux rire.

DUMONT.

Non, vous avez beaucoup de choses à vous dire,
Car c'est peu d'être en paix, il faut l'être long-
        temps,
Faites-la donc solide. Adieu, dans peu d'instants
Nous nous verrons.

(*Bas à Cléante.*)

Valère est prêt pour le voyage.

(*Bas à Valère.*)

Cléante accepterait très volontiers, je gage.

(*A part.*)

Tout va bien. Laissons-les et retournons aux sœurs.

Le mien sera content de soulager leurs cœurs.

(*Il va comme pour sortir et aperçoit les deux sœurs sur la porte des deux maisons. Ils se rapprochent dans le fond, et Dumont a l'air de leur parler.*)

SCÈNE XIII.

LES PRÉCÉDENTS, ÉLISE, JULIE.

CLÉANTE.

Comme ce bon Dumont aisément nous devine !
J'avais là sur le cœur....

VALÈRE.

Oui, je me l'imagine,
Quelques regrets amers, un pénible remords.

CLÉANTE.

Tu l'as dit, mon ami, je ressens tous mes torts.
Pour les faire excuser j'attends ton indulgence ;
Ma réforme surtout, il en est temps , j'y pense :
Ma fougueuse jeunesse a trop connu l'erreur,
Mais trente ans m'ont mûri pour un autre bon-
      heur.
Si la dépense usa la moitié de ma vie ,
J'en veux faire filer l'autre à l'économie.

VALÈRE.

Et moi , si vers l'épargne un peu trop emporté ,
Je pratiquai ses lois avec sévérité ,
J'y veux joindre à présent une honnête dépense.
N'augures-tu pas bien , toi , de cette alliance ?

CLÉANTE.

A merveille.

VALÈRE.

      Eh bien donc, pour en serrer les nœuds,
Ton voyage à Paris je le fais si tu veux.

CLÉANTE.

J'y consens.

VALÈRE.

Je pars donc ; et notre paix est faite.
Mais avec nos sœurs ?....

CLÉANTE.

Bon ! c'est ce qui t'inquiète ?
Tu fais la mienne avec Élise : elle est à toi.

VALÈRE.

Avec Julie, alors tu feras comme moi.

CLÉANTE.

Cela s'entend. J'accepte, embrassons-nous en
    frères,
Et cherchons notre ami qui n'imagine guères....

DUMONT, *s'approchant avec les sœurs qu'il tient
    par la main.*

Il sait tout ; le voici.

CLÉANTE.

Quoi ! vous nous écoutiez ?

(*Aux sœurs.*)

Ah ! ce que nous disions, du moins vous l'approu-
    viez ?

DUMONT.

Si de vous corriger vos sœurs ont eu l'envie,
Ce n'est pas pour un jour, mais pour toute la vie.
Elles consentent donc à vous donner la main ;
L'amour n'a qu'ébauché l'ouvrage de l'hymen.

CLÉANTE, *revenant sans s'en apercevoir à son
caractère de prodigalité.*

Bien, mais il faut songer au départ de Valère :
S'il gagne mon procès c'est une bonne affaire ;
Il en a la moitié pour fruit de ses travaux :
Mais pour le défrayer il prendra mes chevaux,
Ma voiture, Crispin, très au fait des voyages ;
Bien entendu, Crispin est toujours à mes gages.

JULIE.

Ah ! que lui dites-vous ?

VALÈRE, *revenant à son caractère.*

Je prends monsieur Crispin.
J'espère un peu changer les airs de ce faquin.
En attendant tu peux, toi, garder La Lésine,
Dont le nom seul te doit rappeler l'origine,
Vieux valet de ton père, honnête homme vrai-
    ment,
Mais le fripon me va rendre certain argent....

ÉLISE.

Y pensez-vous, Valère ? Ah! gardez le silence.

JULIE.

Élise, ils nous perdront avec leur imprudence.

DUMONT.

Non, Cléante n'est pas généreux jusque-là ;
Et Valère aime trop à garder ce qu'il a.

FIN.

TABLE

DES POÉSIES DIVERSES.

ODES.

ÉPITRES, ÉLÉGIES.

COMÉDIES.

FIN DE LA TABLE.